edition atelier

Jana Volkmann

DAS ZEICHEN FÜR REGEN

Roman

edition atelier

In Kyōto bin ich
doch beim Schrei des Kuckucks
sehn ich mich nach Kyōto

Bashō

1. TEIL

1. Kyōto. Vor einem Jahr.

雨

Wenn man auf dem Kansai International Airport landet, fühlt sich das an, als fiele man ins Meer. Der Flughafen ist auf eine künstliche Insel gebaut, fünf Kilometer liegen zwischen den Terminals und dem Festland. Die Schiffe in der Bucht von Ōsaka, über die man hinwegfliegt, sehen gefährlich groß aus. Bootsführer drehen sich um, wenn über ihren Scheiteln eine Passagiermaschine im Sinkflug Richtung Boden braust, und sie wirken ein wenig entsetzt, jedenfalls sieht es danach aus, wenn man im Flugzeug sitzt und selbst ein wenig entsetzt ist.

Irene erinnerte sich gut an das Gefühl beim Anflug, an den Schrecken und an die Angst vor dem Meer, an die Farbe des Wassers in der Bucht und an das Rumpeln der Tragflächen. Sie war zuvor nicht oft geflogen. Ihre Finger hielten sich an der Lehne fest. Die Landebahn bemerkte sie erst, als der Flieger aufsetzte. Ihr zweites Leben begann in dem Augenblick, als die Räder der Boeing 777 auf Asphalt trafen, die Maschine einen Ruck nach vorn machte und ihr klar wurde, dass sie schon an Land war, dass sie nicht ins Wasser stürzen und nicht ertrinken würde. Das war vor einem Jahr.

Auf dem Weg vom Gate bis zu ihrem Koffer musste sie einen Shuttlezug nehmen. Sie lief hinter den anderen Passagieren her, obwohl sie keine Ahnung hatte, ob diese den Weg kannten. Sie stellte sich hinter sie in die Schlange vor den Türen, drängte sich zu ihnen in den Zug, lief hinter ihnen her über Treppenstufen, Rollbänder, durch lange und kurze Gänge. Als sie schließlich mit den anderen Fluggästen am Gepäckband angelangt war, hatte sie gerade Gefallen daran gefunden, durch das Gebäude zu irren.

Erst als sie ihren Koffer wiederbekommen hatte, den Pass mit ihrem Visum vorgezeigt hatte und die anderen Fluggäste verschwunden waren, als hätte es sie nie gegeben, da erst fühlte sie sich ein wenig allein. Sie fühlte sich immer noch allein, als sie im Zug nach Kyōto saß, am Bahnhof fühlte sie sich allein, in der U-Bahn. Und als sie ihre neue Wohnung aufschloss, merkte sie, dass das genau die Art von Alleinsein war, die sie sich gewünscht hatte.

Sie stellte den Koffer ab und ließ sich auf das Bett fallen. Die Decke und das Kissen rochen noch ganz neu, ein wenig nach Plastikfolie. Auf der Bettwäsche zeichneten sich Falten in einem rechteckigen Muster ab. Die Vermieterin hatte sich offenbar nicht die Mühe gemacht, das Bettzeug zu waschen, aber Irene war das nicht wichtig. Je weniger Arbeit man sich mit ihr machte, desto wohler fühlte sie sich. Sie würde das Bettzeug einfach am nächsten Tag selbst waschen. Irene lächelte und lag mit offenen Augen wach, bis es dunkel wurde.

Die Sonne ging in Kyōto viel eher unter als in Berlin, das war das erste, was sie über ihre neue Heimat lernte. Zuvor hatte sie nur gelesen. Dass der Kansai International Airport mitsamt seiner künstlichen Insel im Jahr fast fünf Zentimeter tiefer ins Meer sinkt, zum Beispiel. Und dass die Gebäude mitsamt der Treibstoffversorgung deshalb so angelegt sind, dass sie sich an diesen Höhenunterschied anpassen. Irene hatte im Flugzeug darüber nachgedacht, wie das gehen soll, und war zu keinem Ergebnis gekommen.

Ihr Bett stand direkt unter dem Fenster. Sonst gab es hier nicht viel: einen Esstisch, der kleiner war als alle, die sie zuvor gesehen hatte. Eine Küchenzeile, die auch nicht eben groß war, und einen Schrank, in den sie in den kommenden Tagen ihre Kleidung einräumen würde, aber das eilte nicht. Irene setzte sich auf und stützte sich mit den Ellbogen auf die Fensterbank. Sie hatte auch gelesen, dass Kyōto, außer im Süden, von Bergen gesäumt war, aber sie hatte sich nicht vorstellen können, dass sie diese Berge jemals aus ihrem eigenen Fenster in ihrer eigenen Wohnung sehen würde. Sie schaute der Sonne beim Verschwinden zu und sah, wie die Gipfel im Zwielicht in den Himmel hineinflossen, bis sie nicht mehr davon zu unterscheiden waren, dann wurde sie müde.

Sie schlief fest, weit in den nächsten Morgen hinein. Von der Zeitverschiebung spürte sie nichts, und als sie in der Frühe zum Getränkeautomaten an der nächsten Straßenecke ging, kam es ihr gar nicht so vor, als liefe sie den Weg zum ersten Mal. Sie entschied sich für eine Zitronenlimonade, ohne lange nachzudenken, und fand ihre Wahl gut. Sie wollte nicht gleich zurück in die Wohnung, und da sie nichts weiter zu tun hatte, lief sie durch ihre Nachbarschaft und kaufte sich ein paar *dango* zum Frühstück – kleine gegrillte Reisklöße auf einem Holzspieß. Man musste gar nicht sprechen, um sich zu verständigen. Sie zeigte auf die Spieße, hielt drei Finger hoch und gab einfach viel zu viel Geld, sodass sie in jedem Fall etwas wiederbekäme und das Rechnen in fremden Zahlen der Verkäuferin überlassen konnte. Es schmeckte andersartig und gut, ein wenig süß. Der Reis klebte ihr zwischen den Zähnen. Sie blieb hin und wieder vor Restaurants oder Geschäften stehen, versuchte Speisekarten und Preislisten zu entziffern und ließ sich im Rhythmus der Stadt umhertreiben, im Rhythmus der blinkenden Leuchtreklamen und des Strampelns der

Radfahrer, der stöckelnden Schritte der Frauen und Mädchen, die auf hohen Absätzen aus Cafés kamen oder aus Bussen stiegen.

Überhaupt fand sie ihre Wege in diesen ersten Tagen in Kyōto mit einer Sicherheit, die sie bei ihren Umzügen innerhalb Deutschlands nie gehabt hatte. Den Weg zur Post, zum Supermarkt, zur U-Bahn-Station: Sie brauchte sich nur aus dem Haus zu bewegen und loszulaufen. An die Wand neben ihrem Bett hängte sie einen Stadtplan und prägte sich die Straßen ein. Die Stadt erschien ihr außergewöhnlich symmetrisch, die meisten Wege waren im Schachbrettmuster angelegt. Wie New York, dachte Irene, und der Gedanke hatte etwas seltsam Tröstliches – zu wissen, dass auf ganz anderen Erdteilen ganz andere Städte lagen, durch deren Straßen ganz andere Leute liefen und dass sie dennoch mit einer Wahrscheinlichkeit von überwältigenden fünfundzwanzig Prozent in dieselbe Himmelsrichtung liefen wie sie.

Sie vermisste nichts und staunte nicht übermäßig über alles, was in Kyōto anders war. Weder über die Zebrastreifen, mit denen man große Kreuzungen diagonal überqueren konnte, noch über die vielen Fahrräder. Auch nicht über den Linksverkehr oder die Kinder in Schuluniformen. Es war, als fänden die Wege sie und als fände Japan sich in ihr zurecht, nicht umgekehrt. Jedenfalls kam es ihr heute so vor, wenn sie an die Tage nach ihrer Ankunft dachte. Sie wusste, dass sie sich viel fremder hätte fühlen müssen, dass es nur natürlich gewesen wäre, wenn sie inmitten der Straßenschluchten und der Autos, die links und rechts an ihr vorüberzogen, die Orientierung verloren hätte. Stattdessen fühlte sie sich, als habe sie die Stadt bereits gekannt, lange ehe sie dort angekommen war. Ein eigenartiges Gefühl des Erinnerns begleitete sie durch diese ersten Tage.

2. Kyōto. Heute.

雨

Irene schob den Wagen mit dem Bettzeug, den frischen Handtüchern und all dem Putzmittel über den Teppich auf dem Flur. Es erschien ihr unsinnig, hier einen so weichen Teppich zu verlegen, aber es erschien ihr sowieso vieles unsinnig an ihrem Job, also dachte sie nicht weiter darüber nach.

Die Anstellung als Zimmermädchen hatte sie über einen Freund bekommen. Timo war Japanologe und hatte ihr von Berlin aus Kontakte nach Kyōto vermittelt, er kannte jemanden im Hotel Kikka, irgendwen im Personalmanagement. Er hatte ein paar Anrufe gemacht und ein Empfehlungsschreiben aufgesetzt. Irene war es unangenehm gewesen, dass er sich so hatte ins Zeug legen müssen, aber es war ihre einzige Chance gewesen, ohne größere Schwierigkeiten nach Japan zu gelangen. Er hingegen hatte sich ein wenig geschämt, ihr nichts Besseres bieten zu können, und gemeint, wenn sie erst mal selbst vor Ort wäre, könnte sie sich ja gleich nach etwas Besserem umsehen. Für ein paar Monate sei es sicher ganz in Ordnung. Nun waren es schon zwölf Monate, die sie hier arbeitete. Irene konnte sich gar nichts anderes mehr vorstellen. Ihr Studium war noch nicht lange vorbei, aber es erschien ihr wie ein anderes, altes Leben. Wie sich das damals angefühlt hatte, im Seminar zu sitzen oder im Hörsaal, in die Bibliothek zu gehen, daran erinnerte sie sich kaum. Überhaupt dachte sie selten an Deutschland.

Die Zimmer waren alle gleich geschnitten, mit ein paar wenigen Variationen bei der Größe der Betten; in den Bädern lagen immer die gleichen kleinen Kästchen mit Haarbändern, Zahnbürsten und Kosmetika, die es aufzufüllen galt. Die Arbeit im Hotel war nicht unbedingt einfach, aber wenn man erst mal den Dreh raus und eine gewisse Routine entwickelt hatte, machte sie sich trotzdem fast von allein. Nach einer Weile überließ sie die Arbeiten ganz ihrem Körper, in dessen Gedächtnis sich die Bewegungen so sehr eingeprägt hatten, dass Irene sich mehr oder weniger heraushalten konnte.

Manchmal, wenn ihr langweilig war, überlegte sie sich Geschichten über amouröse Verstrickungen zwischen den Hotelgästen, so dass daraus eine kleine Seifenoper nur für sie selbst wurde. Bei jeder Schicht erzählte sie sich die neuste Folge. Der Mann in 1331 hatte in ihrer Vorstellung nicht ohne Grund ein Zimmer für zwei gebucht. Die Frau aus 1204, die so unglücklich aussah, als sie sie auf dem Flur grüßte, schlief nämlich in Wahrheit gar nicht in 1204. Der Mann aus 1204 bekam in Irenes Seifenoper nichts davon mit, weil er jeden Abend den teuersten Whiskey aus der Minibar trank und selig schlief, während seine Frau mit dem Geschäftsmann ein romantisches Date im dreizehnten Stock hatte. Frau 1204 und Herr 1331 blickten Arm in Arm aus dem Fenster auf die Stadt, betrachteten den eigentlich nicht sehr ansehnlichen Kyōto Tower und die Berge in der Ferne. Dann sahen sie einander lang und intensiv in die Augen, ehe Frau 1204 wieder zurück in den zwölften Stock musste, zurück zu ihrem unerträglichen Mann.

Oder sie stellte sich vor, dass die Musik auf den Fluren nicht aus Lautsprecherboxen kam, sondern dass ein winziges Orchester direkt unter der Decke saß und Vivaldi oder Beethoven spielte. In letzter Zeit hatte sie angefangen, hin und wieder den Lautsprechern in der Decke zuzuzwinkern, wenn sie den Rollwagen über den Flur schob. Sie dachte dann an Kafkas Josefine, die kleine Mäusesängerin, und sehnte sich ein wenig nach ihrem Bücherschrank, den es nun nicht mehr gab. Sie hatte kein einziges Buch mit nach Japan genommen.

Die thailändischen Zimmermädchen sprachen thailändisch miteinander, die Indonesierinnen indonesisch und die Philippinerinnen Tagalog. Die einzige Brasilianerin sprach mehr oder weniger mit niemandem, so wie Irene. Aber aus all dem Sprachgewirr hoben sich immer wieder japanische Worte ab, die Irene teils verstand, teils einfach aufgrund ihres Klangs als Japanisch erkannte. Außer ihr konnten alle gut genug *nihongo*, um sich ausgiebig auszutauschen, und es gab viele japanische Zimmermädchen. Sie hatten ihr zu Anfang beigebracht, sich zu verbeugen und den Hotelgästen freundlich zu danken, obwohl ihr nie ganz klar war, wofür, denn die meisten Hotelgäste hinterließen die Zimmer in einem Zustand, der nicht besonders dankenswert war. Ihre Sprachkenntnisse reichten aus, um die Wünsche der Gäste entgegennehmen und erfüllen zu können, aber ihre eigentliche Aufgabe war, Wünsche zu erfüllen, bevor sie geäußert wurden. Die meiste Zeit wischte sie Staub, wechselte Laken und putzte Bäder. So gern sie ihr Alleinsein mochte, manchmal hätte sie gern besser Japanisch gesprochen. Nicht unbedingt um sich an den Unterhaltungen um sie herum zu beteiligen, eher um sie zu verstehen. Sie war sicher, dass die anderen Zimmermädchen einander alles erzählten, was sie bei der Arbeit erlebten. Wenn sie Sexspielzeug in den Zimmern gefunden hatten, zum Beispiel. Wenn jemand ein besonders großzügiges Trinkgeld gab. Wenn alles danach aussah, als habe sich eine ganze Familie in einem Einzelzimmer einquartiert, vom Baby bis zur Großmutter. Wenn ein männlicher Gast eine ganze Kollektion von Pumps in großen Größen im Vorraum drapierte. Wenn einer wie George Clooney aussah, oder wie der japanische Premierminister, dessen Namen Irene einfach nicht behalten konnte. Sie versuchte, alle wichtigen Namen auswendig zu lernen. Die von ihren Kolleginnen und von den Portiers, natürlich die ihrer Vorgesetzten, und in dieser Liste wichtiger Personen war irgendwie auch der Premier gelandet, obwohl er dort nicht wirklich etwas verloren hatte.

Wäre in dem Jahr, das sie nun hier in Kyōto verbracht hatte, ein neuer Premierminister gewählt worden, hätte sie das vielleicht gar nicht mitbekommen. In Japan wurde häufig neu gewählt. Wegen der Rücktritte, die wiederum oft wegen Korruptionsaffären zustande kamen. Vielleicht versuchte sie schon seit Monaten, sich einen Namen einzuprägen, der gar nicht mehr aktuell war. Es kam vor, dass Irene auch über solche Dinge nachdachte, während sie Bettlakenzipfel unter Matratzen packte, Fernsehschirme abwischte oder Toilettenbrillen desinfizierte. Es störte sie nicht, dass ihr die aktuelle politische Lage derart unklar war.

Wenn sie gewollt hätte, hätte sie jederzeit nachsehen können, wer gerade welches Amt bekleidete, sie hätte sich einen schnellen Überblick über die Parteien und ihre Vertreter machen und dieses Wissen mit halbwegs wenig Aufwand auf dem neusten Stand halten können. Sie war nie besonders interessiert an solchen Dingen gewesen und konnte, wenn sie ehrlich war, auch das deutsche Kabinett nicht herunterbeten. Aber dieser blinde Fleck, der alles Aktuelle, alles Relevante, die ganze Gesamtgesellschaft aus ihrer Wahrnehmung strich, ließ sich nicht darauf zurückführen, dass sie nicht wusste, wo es am Bahnhof internationale Zeitungen zu kaufen gab. Die englischsprachige Ausgabe der Asahi Shimbun, USA Today, der Guardian, selbst die Süddeutsche: Auf ihrem Heimweg kam sie jedes Mal an zig Läden vorbei, in denen sie sich mit Zeitungen eindecken könnte, die sie verstehen würde. Sie fegte noch dazu an jedem Arbeitstag zig Zeitungen in die Hotelpapierkörbe, unbesehen, unaufgeschlagen, mit der gleichen lässigen Wischbewegung wie für leere Starbucks-Becher, gebrauchte Taschentücher und *Nigiri*-Verpackungen. Die russische Vogue, wisch und weg. Danke und auf Wiedersehen, Zeit-Magazin. *Sayōnara*, New Economist. Die ganze internationale Presse wanderte hier Tag für Tag in den Müll. Irene fühlte fast so etwas wie Erleichterung dabei. Hier durfte sie sich ein ganzes Universum nach ihren eigenen Maßstäben zusammenstellen, und niemand könnte ihr einen Vorwurf daraus stricken, dass sie sich nicht um politische Themen, aktuelle Themen und alle möglichen anderen Themen scherte. Weil sie ja auch mit niemandem darüber sprach und niemand auf die Idee kam, sie nach einer Meinung zu irgendwas außer dem Wetter zu fragen. Manches war wesentlich einfacher geworden, seit sie hier in Japan war.

Die meisten Gespräche, die Irene führte, beschränkten sich auf höfliche Floskeln, von denen sie sich nie ganz sicher sein konnte, ob sie wirklich angemessen waren. Es gab so vieles zu beachten, und noch immer kämpfte sie mit den Silben. Bei der Arbeit brauchte sie zum Glück nicht viel zu sprechen. *Irasshaimase, arigatō gozaimashita, wakarimasen. Doitsujin desu*, sagte sie manchmal, ich bin Deutsche. Wie eine Entschuldigung. Dann sagte ihr Gegenüber meist etwas, das wie »achso« klang und genau dasselbe bedeutete, und in diesen Momenten wäre sie gern anderswo gewesen, wo sie dieselbe Sprache sprach wie alle und andere Leute ohne Mühe verstand. Aber wenn sie dann, die Arbeitskleidung gegen Jeans und T-Shirt getauscht, das Hotel Kikka hinter sich ließ und in ihr neues Leben hineinlief, dann war sie wieder ganz sicher, dass sie hier richtig war.

Bevor sie in Ōsaka gelandet war, hatte sie Japan nur aus ihren Büchern gekannt. Sie hatte sich in Banana Yoshimotos *Tsugumi* und in Yōko Tawada verliebt, viele Stunden versucht, Haruki Murakamis rätselhafte Romanfiguren zu entschlüsseln und hinter das Geheimnis ihrer Ohren zu kommen, hatte dank eines Romans von Yōko Ogawa mit dem Schachspielen begonnen (und es bald darauf wieder bleiben lassen, hauptsächlich weil niemand gegen sie antreten wollte), und sie war mithilfe von Ryūnosuke Akutagawas Kurzgeschichten durch die Vergangenheit ihres Wunschortes gereist. Damals hatte sie nicht für möglich gehalten, dass es dieses Japan tatsächlich geben könnte, jedenfalls nicht so, wie es in ihrer Vorstellung existierte. Sie hatte gedacht, sie könne sich dem richtigen, tatsächlichen Japan bestenfalls mit Mäuseschritten nähern. Nur um jedes Mal, wenn sie etwas Neues über das Land und das Leben dort lernte, zu begreifen, wie unzureichend ihre Vorstellung war.

Die japanischen Romane hatte sie bei ihrer Abreise an ein Antiquariat verschenkt, und viele andere Bücher auch. Manche konnte sie verkaufen, nicht so, dass sie davon reich geworden wäre, aber immerhin. Timo überließ sie alle, die er haben wollte; einen anderen Stapel Bücher packte sie in einen Pappkarton, mit dem Vermerk, dass sie zum Mitnehmen seien. Die Rücken nach oben, so dass man die Titel sehen konnte. Sie stellte sie einfach an die Straße, auf die oberste Stufe der Treppe, die zu ihrer Haustür führte. Sie standen nicht lange dort. Selbst die Kiste fehlte, als Irene beim nächsten Mal das Haus verließ.

Die Bücher blieben in Berlin. Irene ging alleine fort, ohne Andenken, ohne Wehmut und Bange. Sie hatte immer schon fort gewollt, nur dass dieses Gefühl über die Jahre immer festere Formen angenommen hatte, immer drängender geworden war. Für sie war der Schritt nach Japan ein ganz logischer, auch wenn kaum jemand ihre Entscheidung nachvollziehen konnte. Sie konnte sich dort nicht fremder vorkommen als in Berlin.

3. Berlin. Früher.

Irene lag auf dem Rücken, die Hände ruhten auf ihrem Bauch. Sie war erleichtert, dass er so bald nach dem Sex eingeschlafen war, aber Irene selbst war danach umso wacher, ihr Körper umso unruhiger gewesen. An Schlaf war nicht zu denken. Nicht mit diesem Mann neben ihr, nicht in dieser Luft, die so verbraucht roch, nach ihnen beiden, nach der Nacht, die noch nicht vorbei war. Am liebsten hätte sie das Fenster geöffnet, aber sie mochte ihn unter keinen Umständen wecken. Draußen war es sicher laut. Er wohnte an der Gneisenaustraße, im Vorderhaus, erste oder zweite Etage. Da war immer Verkehr, und um diese Zeit würden genug Leute auf dem Heimweg sein, die nach dem letzten Bier keine Ahnung mehr hatten, wie laut sie sich unterhielten. Würde der Mann jetzt wach werden, würde er sie berühren, vielleicht sogar noch mal mit ihr schlafen wollen. Oder er würde sie in die Arme nehmen, in ihren Nacken atmen und seinen Bauch an ihren Rücken drücken. Manche wollten das. Irene ließ das Fenster geschlossen. Sie hatte sich an die Dunkelheit gewöhnt und sah den Stuck an der Decke an, bis das Muster vor ihren Augen verschwamm.

Der Mann hieß Carsten, aber es war Irene lieber, nicht an seinen Namen zu denken, sondern einfach an den Mann, ein unbestimmter Mann mit einem bestimmten Artikel. Er sah allerdings eher aus wie ein alter Junge, wie er da grauhaarig und mit Stoppelbart unter seiner Decke lag. Das Muster der Bettwäsche war ausgeblichen.

Irene stellte sich vor, wie er in seinem Elternhaus in derselben Bettwäsche geschlafen hatte, vielleicht in einem Dachzimmer mit Konzertplakaten von Bands an einer vertäfelten Wand, nur dass die Bands damals wahrscheinlich Gruppen hießen. Vielleicht hatte er selbst in einer Gruppe gespielt, Bass oder Schlagzeug. Kein Gesang, keine Gitarre, das passte nicht. Der Bass passte. Wahrscheinlich war er ein cooler Junge gewesen, nachdenklich und interessant, rebellisch, unbeirrt, ein wenig zu ernst vielleicht, vielleicht zu wütend. So einer, von dem man nie angenommen hätte, dass sein Leben irgendwann so traurig werden würde, dass er Mädchen wie Irene mit in seine Wohnung nehmen musste und ihnen verlegen erklärte, die Bilder an der Wand habe seine Nichte gemalt. Dabei hätte Irene nie um eine Erklärung gebeten. Sie wollte gar nicht wissen, wessen Kind das war, das diese Häuser und Schmetterlinge gemalt hatte. Als gingen sie einander irgendetwas an.

Den Mann hatte sie ein paar Tage zuvor im Café getroffen. Das passierte Irene selten, eigentlich war es so gut wie nie vorgekommen, dass sie einfach so angesprochen wurde. Sie sah nicht übel aus, achtete auf ihren Körper, kleidete sich nicht gerade auffällig, aber mit den Jahren hatte sie so etwas wie einen eigenen Stil entwickelt, der einem etwas kritischen, kennenden Blick durchaus eine Weile standhalten konnte. Aber irgendetwas schien nicht zu stimmen mit ihr.

Stattdessen suchte sie ihre Dates oft über das Internet, schrieb Männer an, ließ sich anschreiben, antwortete und wartete auf Antworten. Das konnte sie, sie schrieb gut, lockte mit Worten, machte sie neugierig mit drei, vier Sätzen. Es funktionierte. Wenn sie schrieb, war sie interessant. Vermutlich schien sie dann klüger, als sie war. Sprechen lag ihr weniger. Sie wirkte oft spröde auf Fremde, wie eine, bei der es viel Mühe kosten würde, ihr nahezukommen, und bei der man nie sicher war, ob sich diese Mühe lohnen würde.

Einer, der ihr wichtig war, hatte ihr einmal gesagt, sie sehe aus wie jemand, der andere traurig macht. Den Satz vergaß sie nicht, sie war überzeugt, dass er stimmen musste. Jetzt, da sie in dem fremden Bett lag und ihre Gedanken kreisten, hallten die Worte in ihr nach. Sie tat Männern nicht gut. Den Mann, der jetzt neben ihr schlief, hatte das womöglich nicht gestört, aber viel wahrscheinlicher war, dass er es gar nicht erst bemerkt hatte. Oder dass er einfach schon vorher traurig genug gewesen war. Er hatte noch am selben Abend angerufen, es war unkompliziert mit ihm. Sie ließ ihn erzählen, von seiner Arbeit, von seinen Freunden, und er fragte sie nach ihrem Studium aus, so lange, bis er merkte, dass es ihr unangenehm war, davon zu sprechen. Er gab ihr das Gefühl, interessant und begehrenswert zu sein, und an diesem Abend hatten sie sich zum Essen verabredet. Wieder war alles ganz einfach. Im Grunde genommen war es immer einfach, wenn Irene sich auf solche Verabredungen einließ. Sie hatte sich ein Kleid und die hohen Schuhe angezogen, sie tranken beide Wein, und als es zu kühl wurde, um draußen zu sitzen, war längst klar, dass sie mit zu ihm kommen würde.

Sie hatten sich vor seiner Wohnungstür geküsst, sie hatte nicht warten wollen, bis er aufgeschlossen hatte, und drinnen hatte sie sich ausgezogen. Sie hatte das Kleid über den Kopf gezogen, war aus dem Slip gestiegen und ließ die Schuhe an bis zum Schluss. Sie gefielen ihm. Irene gefiel ihm. Sie war nicht mehr sicher, ob sie gesprochen hatten, seit sie aus dem Restaurant weggegangen waren. Er hatte sie aus der Distanz betrachtet, ehe er auf sie zukam, noch immer angezogen, und sie ins Schlafzimmer führte. Er war auch noch angezogen, als er ihre Brüste streichelte, sie küsste, dort, überall; er spreizte ihre Beine und leckte sie. Er machte das gut. Ihr gefiel, wie gierig er war. Sie hatte ihn viel zögerlicher eingeschätzt. Und ungeschickter. Erst als es ihr gekommen war, zog er sich auch aus.

Irene war jedes Mal erstaunt, wie anders Menschen aussehen, wenn sie nackt sind, und wie anders ein Gesicht aussieht, wenn es sich nähert, um einen zu küssen. Als hätte das Gesicht, das einen küssen will, nichts zu tun mit dem Gesicht, das mit sicherem Abstand spricht, lacht und isst. In dem Moment, als er seine Kleidung ablegte, sie küsste und zu sich zog, um in sie einzudringen, da gefiel ihr der Mann sogar ein bisschen.

Nun fiel Sonnenlicht zwischen den Vorhängen ins Zimmer. Es wurde früh hell, und innerhalb weniger Minuten war die Nacht vorbei. Der Mann drehte sich zu Irene um und legte seine Hand um ihre Taille. Es fühlte sich richtig an, als ob seine Hand und ihre Taille ganz selbstverständlich zusammengehören würden, und er streichelte sie eine Weile, ehe er zu sprechen begann.

»Wie magst du deinen Kaffee?«

Der Mann hatte Schlaf in den Augen und seine Haare lagen platt an der Seite seines Kopfes. Er wirkte ausgeruht. Und glücklich, oder wenigstens nicht traurig. Irene machte sich trotzdem nichts vor. Ihr war klar, dass sie nicht bei ihm bleiben und ihn nur wieder enttäuschen würde. Aber für einen kurzen Moment färbte seine Freude auf sie ab, sie war zufrieden, weil er es auch war, und sie lächelte.

»Schwarz, bitte.«

Er brachte ihr die Tasse ans Bett und strahlte sie an wie jemand, der ein Lob erwartet, weil er etwas Großartiges gemacht hat. Um seine Augen herum zeichneten sich Falten ab, wenn er so leise vor sich hin lachte.

Irenes Blick fiel auf die Bilder an der Wand, die Kinderzeichnungen. Manchmal genügte so ein Augenblick, so eine Kleinigkeit, die störte, obwohl sie gar nicht wichtig war, um Irene daran zu erinnern, dass sie nirgends bleiben wollte. Irgendetwas hielt sie immer fern, von allen. Auf einem der Bilder war eine grüne Wiese mit einem Baum, dieses hatte sie am Abend noch nicht gesehen. Sie fragte sich, warum das Kind keine Menschen malte. Die meisten Kinder, die sie kannte, malten ihre Eltern oder ihre Geschwister, oder irgendwelche anderen Kinder. Hier waren nur verlassene Häuser und Wiesen und lachende Schmetterlinge. Irene glaubte nicht, dass sie das Kind besonders mögen würde.

»Du, ich muss bald los. Bitte entschuldige. Danke für den Kaffee, der tut gut. Und danke, dass ich hierbleiben durfte.«

Er wollte sich seine Enttäuschung nicht anmerken lassen, tat es aber doch, jedenfalls glaubte Irene, sie ganz deutlich zu sehen. Sie mochte die Stimmung nicht, die nun zwischen ihnen entstand; sie mochte ihr Weggehen nicht begründen und seine Traurigkeit nicht länger sehen. Sie ging ins Bad, schloss die Tür hinter sich ab und setzte sich auf eine Wäschetruhe. Sie hatte weder eine Zahnbürste dabei noch irgendetwas anderes, das sie hätte gebrauchen können, um die letzte Nacht von ihrem Körper zu waschen, zu putzen oder zu schrubben, aber der Platz auf der Truhe war ihr für den Augenblick trotzdem recht. Unter dem Deckel lugte ein weißer Zipfel hervor. Irene erhob sich und zog daran; es war ein T-Shirt. Sie grub ihr Gesicht tief in den Baumwollstoff und atmete ein. Er war weich und roch gut. Nach Waschmittel, der Haut des Mannes, nach seinem Duschgel, ein wenig verschwitzt. Sie faltete es zusammen, rollte das gefaltete T-Shirt wiederum auf, bis es so klein war, wie es nur sein konnte, und ließ es auf dem Weg zurück zu dem Mann in ihrer Tasche verschwinden. Er merkte nichts davon und lächelte sie zum Abschied an. Er hatte kleine Grübchen auf den Wangen und wieder diese Lachfalten um den Mund, aber in seinen Augen las Irene noch etwas anderes, etwas Trauriges, vielleicht eine Ahnung, dass das, was er sich von Irene wünschte, keine Aussicht auf Erfüllung hatte.

Er versuchte danach noch ein paar Mal, sie anzurufen, doch nach einigen Tagen gab er auf. Irene fuhr oft mit dem Rad durch die Gneisenaustraße, wenn sie auf dem Weg zur Uni war. Dann dachte sie an ihn. Sie war nicht mehr sicher, welches der Häuser seines war, also suchte sie eines aus, das es hätte sein können: einen besonders prächtigen, restaurierten Altbau mit Balkonen im Vorderhaus. Wenn sie daran vorbeifuhr, wagte sie kaum hinzusehen, beschleunigte das Tempo und richtete den Blick ganz gerade auf den Radweg vor ihr.

4. Kyōto. Heute.

雨

Es war heiß draußen. In Kyōto sagte man, wenn es im Winter besonders kalt war, dass die Kälte aus dem Boden zu kommen schien. Nun glühte der Asphalt, als käme die Hitze direkt aus dem Inneren der Erde. Im Hotel dagegen war es angenehm kühl. Die Klimaanlagen ließen einen das Wetter außerhalb des Gebäudes ohnehin völlig vergessen. Hier war man unabhängig von Jahreszeiten und Wetterlaunen, die Temperatur war immer gleich, die Luftfeuchtigkeit immer genau richtig.

Irene hatte sich völlig verloren in ihren Gedanken, in Geschichten über Hotelgäste, die sie kein bisschen kannte und denen sie deshalb alles andichten konnte, was sie sich nur vorzustellen vermochte. Als sie Zimmer 1009 öffnete und ihr Putzzeug hineintrug, überließ sie die Arbeit wieder ganz ihrem Körper, ihren Muskeln. Den Mann bemerkte sie erst, als er sich zum zweiten Mal räusperte und sich im Bett aufsetzte.

»*Sumimasen*! *Gomen nasai*! *Sumimasen*!« Irene wusste nie, welche der beiden Phrasen angemessen war, wenn man sich entschuldigen musste. »*Sumimasen*!« Sie schrie fast, ihre Stimme klang fremd und sie spürte die Röte bis in die äußersten Ohrenspitzen kriechen. Sie verbeugte sich. Und verbeugte sich erneut, diesmal tiefer. »*Gomen nasai*«, sagte sie noch mal, leiser, ehe sie bemerkte, dass der Mann nicht sehr japanisch aussah. Sie versuchte es auf Englisch. Er beschwichtigte sie auf Deutsch, ganz ohne Akzent. Irene brauchte einen kurzen Moment, um zu begreifen, dass sie nicht für sich selbst zu dolmetschen brauchte.

»Es ist alles okay. So was passiert. Und gar nicht mal selten.«

Der Mann sah sie freundlich an.

»Diese Schilder an der Türklinke kann man nun wirklich übersehen. Ich bin öfter in Hotels, als mir lieb ist, und glaub mir: Das passiert nicht zum ersten Mal. Nun schau nicht so erschrocken, ja?«

Er rieb sich die Augen und zog die Decke ein wenig höher über die Brust, auf der sich graue Haare kräuselten.

Seine Hände waren ein wenig zu kräftig für seinen Körper, und Irene konnte nicht anders, sie stellte sich vor, wie es wäre, wenn sie jetzt sofort unter seine Decke kriechen könnte. Die warme Haut zu spüren und die Müdigkeit riechen zu können und seiner fremden Stimme mit der vertrauten Sprache noch weiter zu lauschen. Es war aber nun mal keine Option und schon gar kein guter Stil, sich als Zimmermädchen einfach so unter die Bettdecke der Hotelgäste zu legen. Auch nicht, wenn es da etwas Gemeinsames gab – und was konnte schon gemeinsamer sein als eine gemeinsame Sprache, in der man sich unterhalten konnte? Das wurde ihr klar, als der Mann zu sprechen begonnen hatte. Es war so simpel, alles, wonach sie sich sehnte, waren ein paar Worte, die nicht übersetzt werden mussten. Die schwere und geschlossene Silben hatten, nicht wie das Japanische. Die sich zu Sätzen fügten, die einen Sinn ergaben, den man nicht erst zu entschlüsseln brauchte, die keine Floskeln enthielten, die man nur begreifen konnte, wenn man sich ausgiebig mit den japanischen Gesellschaftsverhältnissen der letzten hundert oder hunderttausend Jahre beschäftigt hatte.

»Es tut mir wirklich leid. Mir ist so was noch nie passiert.«

In der eigenen Sprache klang Irenes Stimme anders, sie kam ihr viel sanfter vor. Er gähnte und entschuldigte sich dafür.

»Jetlag?«

Irene merkte, dass sie starrte, und wandte den Blick ab, verwirrt über das, was sie fühlte. Scham war das nicht, das war etwas ganz anderes, aber sie vermochte es nicht zu benennen, auch später nicht.

»Ja. Gestern gelandet. Zeitzonen dürfte es eigentlich gar nicht geben, aber mich fragt ja niemand.«

Sie fühlte sich einsam, als sie eine weitere Entschuldigung zu Ende gemurmelt und das Zimmer verlassen hatte. Er hatte gesprächig gewirkt. Für jemanden, der gerade aus einem zeitverschobenen Schlaf gerissen wurde, fast schon geschwätzig. Aber sie durfte das nicht. Sie durfte nicht als Zimmermädchen mit mehr oder weniger nackten Hotelgästen ein Gespräch über Zeitzonen beginnen. Und sie durfte nicht als Irene in Kyōto dieselben Fehler machen, die sie als Irene in Berlin auch schon begangen hatte.

Nun stand sie wieder auf dem Flur, und die Musik kam ganz eindeutig aus den Lautsprecherboxen, da war weder ein Orchester unter der Zimmerdecke, noch wartete jemand unter einer Bettdecke auf ihre Gesellschaft.

Zu Zimmer 1009 kehrte sie erst ganz am Ende ihrer Runde zurück, als sie halbwegs sicher war, dass der Mann nicht mehr schlafen und längst in der Stadt unterwegs sein würde. Das Schild mit der Aufschrift »Do not disturb« hing tatsächlich nicht mehr an der Klinke. Sie klopfte dennoch kräftig an und lauschte an der Tür, ehe sie eintrat.

Der Raum war leer. Der Mann hatte ihn ordentlich zurückgelassen. Sein Koffer stand offen, mit zugeklapptem Deckel, in der Ecke, die Bettdecke war glatt gestrichen, die Vorhänge geöffnet.

Sie hätte gern einen Blick in seine Sachen gewagt. Irgendwo musste sein Pass sein und in dem Pass sein Name. Sie hätte gern an einem Hemdkragen gerochen oder im Bad gestöbert, sein Aftershave geöffnet und in denselben Spiegel geschaut, in den der Mann auch geblickt hatte, nicht bloß, um das Glas zu putzen. Sondern um etwas von ihm darin zu sehen, noch mehr Gemeinsames vielleicht. Ein ähnlich mattes Lächeln oder Augen, die genauso müde waren wie seine. Sie hätte gern über sein Kissen gestreichelt, hätte es mit den Fingernägeln gekratzt und gehört, wie sich die Fasern des Stoffes anhörten, und sie hätte am liebsten nachgesehen, ob er ein Buch dabeihatte. Vielleicht eines von Haruki Murakami, oder etwas von Kazuo Ishiguro. Einfach nur, weil sie sich ein bisschen wünschte, dass er las.

Sie stellte sich vor, wie sie mit dem Mann an einem Strand sitzen würde. Es war Sommer, und niemand außer ihnen beiden hatte Platz in dieser Fantasie. Er saß auf einem weißen Badetuch mit roten Streifen, ein Buch in der Hand, las ihr vor, und sie schaute zu, wie seine Lippen sich bewegten, wie sein Mund auf und zu ging und wie seine Nasenflügel sich ein wenig wölbten, wenn er atmete. Seine Stimme, der Wind und die Brandung rauschten gemeinsam in ihren Ohren, ein einziges Geräusch. Er trug eine Badehose und hatte schöne Füße mit ganz geraden Zehen.

Irenes Arme arbeiteten und arbeiteten, und sie hätte ihnen gern befohlen, den Deckel des Koffers anzuheben, die Schrankwand aufzuschieben, die Nachttischschublade aufzuziehen.

Aber sie ermahnte sich, schließlich wusste sie, dass sich das nicht gehörte, dass man an fremden Sachen weder roch noch sie befühlte, und dass das für ein Zimmermädchen erst recht tabu war, absolut tabu.

Ihre Arme und Hände beeilten sich, das Zimmer herzurichten. Irene versuchte, nicht darauf zu achten, ob der Mann die Zahnbürste benutzt hatte, die sie im Badezimmer bereitgelegt hatte, oder ob er eine eigene dabeihatte. Sie schaute auch nicht weiter nach, ob er etwas aus der Minibar genommen hatte, sie ließ nur ihre Hände den dazugehörigen Zettel ausfüllen, und zum ersten Mal, seit sie hier war, eigentlich seit viel längerer Zeit, war sie auf jemanden neugierig. Nicht darauf, wie jemand ganz theoretisch sein könnte, nicht auf irgendwen in ihren eigenen Geschichten. Sie wollte seinen Namen. Wissen, wer er war. Sie musste raus aus dem Zimmer, fort aus 1009.

Toshio Hayakawa saß an der Rezeption, als Irene die Lobby durchquerte. Er hatte nicht viel zu tun, die meisten Gäste reisten später an, und ausgecheckt hatten diejenigen, die das Hotel verließen, schon längst. Wahrscheinlich hatte er ein Manga unter dem Tisch versteckt. Irene kannte ihn nicht gut, aber wie die meisten Leute, die sie kennengelernt hatte, hatte Toshio eine handvoll Verhaltensmuster, die sich endlos wiederholten. Variationen oder große Überraschungen erwartete sie nicht von ihm.

»Sag mal, Toshio-san, in 1009, wer wohnt da? Ich dachte, ich hätte einen Schauspieler aus dem Zimmer gehen sehen, aber ich weiß den Namen nicht.«

Irene sprach langsam und deutlich. Sie hatte die japanischen Sätze auf dem Weg nach unten in ihrem Kopf zurechtgelegt und mehrmals stumm wiederholt. Sie fand, dass sie richtig und verständlich klangen, und dass es legitim war, nach einem Gast zu fragen, wenn derjenige womöglich berühmt war. Außerdem war ja nicht ausgeschlossen, dass der Mann tatsächlich Schauspieler war. Toshio tippte etwas in seinen PC.

»Nein, das kann nicht sein.«

»Weshalb nicht?«

»1009 steht leer, seit drei Tagen schon. Ist erst morgen wieder belegt. So ist das außerhalb der Saison«, sagte Toshio und runzelte die Stirn, wie nur er das konnte, in ganz feinen Fältchen. Irene traute sich nicht, noch mal nachzufragen und ihn zu bitten, das langsam und ganz deutlich zu wiederholen, falls sie ihn nicht richtig verstanden hatte.

»Achso«, sagte sie nur und bemühte sich, dass das nicht allzu deutsch klang.

5. Kyōto. Heute.

雨

Irene gab sich Mühe, bei der Arbeit nicht an den Mann und die Begegnung in Zimmer 1009 zu denken. Es gelang ihr nicht, nichts konnte sie ablenken, nichts fand Platz in ihren Gedanken, niemand außer ihm. Ein paar Tage lang kümmerte sie sich um andere Räume auf anderen Fluren, kehrte nicht in 1009 zurück, ein freier Tag verstrich, sie hatte keine Ahnung wie. Irgendwie. So, wie eben alle Tage irgendwie verstrichen.

Als sie den Raum danach zum ersten Mal aufschloss, wusste sie nicht, was schlimmer wäre: dort keinerlei Spuren des Mannes zu entdecken oder seine Sachen vorzufinden oder ihn wiederzutreffen. Sie hatte Angst, sich den Mann bloß eingebildet zu haben, dass er ein Hirngespinst war, eine fixe Idee, genau wie das Orchester unter der Decke im Flur oder die Gestalten in ihrer Seifenoper.

Sie hatte Angst, dass sie vergessen hatte, was wirklich war und was nicht. Sie hatte Angst, dass sie dieses Mal, wäre er noch da, seinen Koffer durchsuchen würde, seinen Namen herausfinden würde, Kontakt aufnehmen und machen würde, dass sie sich ineinander verliebten. Sie hatte Angst, dass sie Kontakt aufnehmen und auf sein Desinteresse stoßen würde, und Angst, dass am Ende sie die einzige wäre, die sich verliebt.

Sie fand weder ihn noch sein Gepäck vor. Toshio hatte offenbar recht, zumindest, was den neuen Gast anging, der in 1009 eingezogen war: Da war ein anderer Koffer, Kleidungsstücke hingen über der Sessellehne, ein Pyjama lag gefaltet auf dem Bett, die Vorhänge waren geöffnet und gaben den Blick frei auf die Stadt; dunstig und diesig drückte der Himmel auf die Dächer, in einer Farbe, die keine Himmelsfarbe zu sein schien und die Irene nicht benennen konnte. Gelblich, ein wenig bräunlich vielleicht, sehr hell. Je länger sie den Himmel betrachtete, desto heller wurde er, bis er fast weiß aussah. Die Berge waren verhangen. Sie wirkten weiter weg als sonst.

Draußen auf dem Bahnhofsvorplatz, den sie vom Fenster aus sehen konnte, liefen Leute. Sie sahen einander ähnlich. Blaue und schwarze Anzüge, blaue und schwarze und graue Röcke, schwarze Haare, Rollkoffer, Aktenkoffer, Aktentaschen. Auf einmal erschien Irene die Stadt nicht mehr wohlgeordnet mit ihren Nord-Süd-Achsen und dem weiten Blick in die Straßenschluchten, sie sah nur noch Menschen durcheinanderlaufen und hörte, wie ein Busfahrer hupte, aber es war nicht festzustellen, woher genau das Geräusch kam. Gegenüber, am Kyōto Tower, blinkte eine Leuchtreklame Schriftzeichen in den Himmel. Von einem Wagen am Straßenrand wurde mithilfe eines Megaphons eine Werbebotschaft verlesen, durch das geschlossene Fenster drang Gemurmel. Im Zimmer nebenan unterhielten sich mehrere Menschen, oder es lief der Fernseher.

Irene wischte das Fenster, als könne sie so den Himmel dahinter sauber machen, als läge da hinter der gelbbrauntrüben Färbung eine richtigere Farbe, ein echtes Blau, und als müsse sie einfach nur abstauben, herrichten und schön machen, damit man es wieder sieht. Sie reinigte Zimmer 1009 gründlicher als alle anderen und gewissenhafter als jemals zuvor. Sie zog die Düse des Staubsaugers ab und saugte an den Fußleisten entlang, klopfte die Sesselpolster aus, wischte hinter dem Fernseher, unter dem Telefon und in der Nachttischschublade. Wischte die Fugen der Fliesen im Bad ab, die Armaturen, die Abzugshaube, den Mülleimer, den anderen Mülleimer, einen dritten Mülleimer, die Türklinke und die Tür.

Der Mann war nicht da.

Irene fuhr an diesem Tag nicht wie sonst mit der U-Bahn, sondern ging zu Fuß nach Hause. Die Aussicht, die Rolltreppen zu nehmen, um durch das unterirdische Kaufhaus hindurch zur Bahn zu gelangen, sich zu anderen Heimkehrenden und Wegfahrenden in einen Waggon zu stellen, unter der Erde, unter den Straßen und Häusern und Tempeln, war ihr unbehaglich. Sie sehnte sich nach draußen, nach der drückenden Hitze, nach etwas Echtem, wie der hohen Luftfeuchtigkeit und den hohen Temperaturen. Und nach ein wenig Weite, nach natürlichem Licht, zügigen Schritten und der Möglichkeit zu rennen, wenn einem danach war.

Sie hatte gelesen, dass der Bahnhof jeden Tag von fast zweihunderttausend Menschen genutzt wurde. Ihr erschien das ungeheuer wenig in Anbetracht der Massen, die dort hinein- und hinausgingen oder einfach herumstanden. Es war immer voll dort, Ruhephasen schien es nicht zu geben.

Sie durfte den Haupteingang des Hotels nicht nutzen, der war den Gästen vorbehalten. So musste sie beim Verlassen des Hotels nicht durch die Bahnhofshalle. Normalerweise war das ein Umweg, und es erschien ihr unangemessen, dass ausgerechnet die Menschen, die hier im Kikka arbeiten mussten und keinen Urlaub machten, nach Feierabend nicht einmal den kürzesten Weg zur U-Bahn nehmen durften. Heute aber kam ihr dieser Umweg gelegen.

Sie hatte keine Lust auf Menschen, kein Bedürfnis nach Leben und Lärm. Dort, wo sie aus dem Hotel und hinein in die Stadt trat, standen Taxis. Einige Fahrer pausierten. Einer lehnte rauchend am Wagen, ein anderer telefonierte, ein dritter sah Irene mit einem Blick an, mit dem sie nichts anfangen konnte. Vielleicht war er interessiert. Er blickte eindringlich. Zudringlich. Aber da war noch etwas anderes, eine eigenartige Gleichgültigkeit, die zu dem Starren nicht passen mochte. Vielleicht war er gelangweilt. Dieser Widerspruch wurde nicht geringer, je länger Irene den Blick erwiderte. Schließlich riss sie ihre Augen von seinen weg, richtete sie auf die Straße, die Berge, die Häuser, und sie lief los.

Der Weg führte sie durch Wohngegenden. Kyōto sah trist aus, hier, wo es keine spektakulären Kaufhäuser gab oder Tempel oder Schreine, keine Gärten. Die Straßen waren eng. Auf einem Parkplatz stand ein Getränkeautomat. Irene entschied sich für einen Traubensaft, er schmeckte klebrig, zu süß, zu kräftig, nach überreifen Früchten, zu lange in der Sonne gehangen. Aus irgendeinem Grund dachte sie an Portwein, während sie den schmalen Gehweg entlanglief, dabei schmeckte Portwein ganz anders. Der Geschmack der Trauben hing an ihrem Gaumen fest. Sie holte ihren Spiegel aus der Tasche und streckte sich die violette Zunge heraus. Ihr war übel, eigentlich hätte sie jetzt gern einen grünen Tee gehabt, oder einfach ein Glas Wasser. Die Entfernung kam ihr nun viel zu weit vor, aber sie hatte keine Ahnung, wie sie zur nächsten U-Bahn-Station kommen würde, also lief sie einfach weiter, orientierte sich an den Bergen in der Ferne, an den Himmelsrichtungen der Straßen, und am Kamogawa, dem Fluss, an dessen Ufer sie eine Weile gehen musste.

Das Wasser war braun, in ein sattes Grün gehend, und es war kaum zu erkennen, in welche Richtung die Strömung führte. An der gegenüberliegenden Uferseite saß ein Paar. Es sah aus, als würden sie gemeinsam in einer Zeitschrift lesen, Schulter an Schulter, aber aus der Ferne war das nicht genau zu erkennen.

Von einer Brücke aus warf sie die halbvolle Flasche Traubensaft in den Kamogawa. Die Flasche verschwand für einen Augenblick im Fluss, dann tauchte der violette Deckel wieder auf und trieb gemächlich davon. Ein älterer Mann sah Irene verständnislos nach, als sie auf ihrer Uferseite in den Straßen verschwand, und sie verstand selbst nicht, was sie tat; es war nun nicht mehr weit bis zu ihrer Wohnung, und sie versuchte, sich an das Gesicht des Mannes aus Zimmer 1009 zu erinnern, aber es gelang ihr nicht, nur ganz grob hatten seine Züge sich in ihr Gedächtnis hineinskizzieren lassen. Sie würde ihn kaum erkennen, würde er ihr auf der Straße begegnen. An seine Haltung erinnerte sie sich, an die Bewegung, mit der er die Decke über seinen Oberkörper gezogen hatte, nachdem sie in sein Zimmer eingedrungen war. An die Neigung seines Kopfes, als er mit ihr gesprochen hatte.

Im Erdgeschoss ihres Wohnhauses war ein kleines Café, das vor allem von jungen Japanern besucht wurde. Studenten und Studentinnen, vielleicht gingen auch einige noch zur Schule. An einem Tisch gleich am Fenster saß ein einsamer Mann, jedenfalls sah er einsam aus, nicht wie jemand, der auf eine bestimmte Person wartet. Als er den Kopf zur Seite neigte, während Irene an der Fensterfront vorbeilief, sah er aus dem Augenwinkel und für einen Augenblick aus wie der Mann aus dem Hotel. Sei nicht albern, dachte sich Irene und fühlte in ihrer Tasche nach dem Haustürschlüssel. Sie zog ihn heraus, wog ihn in der Hand, und als hätte sie noch nie zuvor einen Schlüssel gesehen, besah sie sich die Zacken, das Metall, die Löcher und Kanten. Dann steckte sie den Schlüssel sorgfältig in die Tasche zurück, als wisse sie nichts damit anzufangen, und lief einfach an ihrem Haus vorbei. Ihre Beine machten das, und Irene gab sich geschlagen, sie leistete keinen Widerstand gegen das, was ihr Körper mit ihr vorhatte. Schnell war sie hinter einer Straßenecke verschwunden, und es kam ihr für einen Augenblick so vor, als sehe sie sich selbst hinterher, immer einen Moment zu langsam, zu unentschlossen folgte sie ihrem Körper nach.

6. Berlin. Früher.

Stephan saß drei Reihen weiter vorn, mittig. Irene sah, wie er Notizen machte. Er war Linkshänder. Es sah ungewohnt aus, wie er den Kugelschreiber hielt, seine Finger griffen irgendwie anders, sein Arm war in einem eigenartigen Winkel vom Körper gestreckt. Hin und wieder sah er auf, in Richtung der Dozentin, die sich bemühte, den Unterschied zwischen Phonemen und Allophonen zu erklären. An der Tafel stand ein wüstes Gekritzel aus Lautschrift und Fremdworten. Irene schrieb einige davon ab, Stephan vielleicht auch. Sicher wusste er, was sie bedeuteten und konnte mit den Lautschriftzeichen etwas anfangen, mit dem umgedrehten e und einem durchgestrichenen l, mit den Längenzeichen und Runen, die man heute eigentlich nur noch aus dem Isländischen kennt, und auch das vermutlich nur, wenn man für Sprachen ungewöhnlich viel übrig hat. Sie konnte sein Gesicht nicht erkennen, aber sie stellte sich vor, wie er der Dozentin direkt ins Gesicht sah. Konzentriert. Interessiert.

Auf Irenes Knien lag ein Buch. Ihr Blick wanderte vom Pult vorn über die Tafel durch die Sitzreihen hinaus aus dem Fenster, hinein zu ihrer Sitznachbarin, hinab auf ihr Buch und wieder zu Stephan.

Die Vorlesung diente der Einführung in die Sprachwissenschaft, und besuchen musste sie jeder, der im ersten Semester in Germanistik eingeschrieben war. Irene war ein Jahr älter als die meisten, jedenfalls als die Frauen, aber die waren hier im Hörsaal ohnehin in der Überzahl. Sie hatte ein Jahr später angefangen mit dem Studium. Während die Jungen aus ihrer früheren Schulklasse Zivildienst machten oder ihren Wehrdienst leisteten und die Mädchen studierten, mit ihren Freunden zusammenzogen oder ein Jahr im Ausland verbrachten, wurde Irene anderswo erwachsen.

Wenn sie gefragt wurde, was sie in dem Jahr zwischen Abitur und Uni gemacht hatte, erzählte sie die Geschichte jedes Mal ein wenig anders, nicht weil sie etwas vertuschen wollte oder sich für ihre Untätigkeit schämte, sondern weil sie es selbst nicht genau wusste. Meist sagte sie einfach, dass sie noch nicht sicher gewesen sei, was sie studieren wolle, und das Jahr gebraucht habe, um sich zu orientieren. Das war plausibel und leuchtete den meisten Menschen sofort ein, dabei war sie nach diesem Jahr viel orientierungsloser als zuvor. Sie war nach Berlin gezogen, hatte gejobbt, war gereist, hatte sehr oft gar nichts gemacht und hatte Timo kennengelernt. Er erzählte ihr von Japan, immer wieder. Er wusste viel, hatte das Land studiert, an der Universität und auf Reisen. Sie tat, als könne sie das nicht beeindrucken. Sie hatte sich verliebt und zugelassen, dass er sich auch verliebt. Nur ein kleines bisschen. Ihre Liebe war eine zögerliche, zurückweichende; leise und ängstlich kamen sie einander nahe, um sich gleich darauf wieder voneinander zu entfernen. Für jeden Schritt, den sie sich auf ihn zubewegte, wich er ein kleines bisschen vor ihr zurück. Wenn er ihr dann plötzlich mehr Nähe zugestand, verschloss sie sich vor ihm. Anfangs wunderte sie sich, wie wenig ihr das ausmachte. Aber Irene ahnte, dass ihrer beider Furcht damit zusammenhing, dass sie einander sehr ähnelten. Dass sie beide zu viel schwiegen und zu viel allein waren, zu viele

Geheimnisse hatten und dass sie beide dazu neigten, zu verletzen, zu verlassen und zu lügen – ohne es zu wollen, sicherlich. Aber sie gaben sich auch keine große Mühe, es zu verhindern.

Dann hatten sie sich schnell und ohne dass es sonderlich kompliziert gewesen wäre wieder auseinandergeliebt. Für Irene war das beinahe eine Erleichterung gewesen, ein ganz logischer Schritt. Für Timo wohl auch: Zu leiden schien er nicht, und glücklich sah sie ihn ohnehin selten. Es schien keinen Unterschied zu machen, ob sie zusammen waren oder nicht. Ganz verloren gegangen waren sie einander nie.

Wenn Timo in diesem einen Jahr eine neue Freundin hatte, oder zumindest eine Aussicht darauf, dann trafen er und Irene einander heimlich. Meistens in Irenes Wohnung. Er blieb selten länger als ein, zwei Stunden, über Nacht blieb er beinahe nie. Sie schliefen miteinander, danach redeten sie. Leise, flüsternd, mit geschlossenen Augen erzählten sie einander ihre Pläne und wovor sie Angst hatten, was sie erlebt hatten, was schiefgelaufen war und was nicht. Nie fragte sie nach den Frauen, die er mit ihr betrog. Timo fragte nie, ob sie auch jemanden hatte, und sie sagte nie, wenn es so war. Sie lag in seinem Arm, immer gleich, ihr Kopf an einer Stelle in seiner Armbeuge vergraben, die sich anfühlte, als sei sie extra für Irenes Kopf gemacht, und in diesen Augenblicken gab es auf der ganzen Welt nur sie beide. Hatte er niemanden, verschwand er, manchmal für Wochen. Wenn Timo anrief, war sie für ihn bereit, räumte die Wohnung auf und wartete auf sein Klingeln. Sie konnte sich nicht erklären, weshalb das so war, aber es wurde nicht langweilig, egal wie oft ihr Ritual sich wiederholte, und sie war nie beunruhigt, wenn er länger nichts von sich hören ließ. Weil sie sich auf ihn genauso verlassen konnte wie umgekehrt.

Kurz bevor die Frist für die Bewerbung um Studienplätze abgelaufen war, hatte sie das Formular zur Einschreibung der Uni ausgefüllt und ohne lange nachzudenken ein Kreuz bei Germanistik gemacht. Es erschien ihr naheliegend. Lesen war das einzige, das sie wirklich gut konnte. An ihrem ersten Tag an der Uni lud Timo sie zum Essen ein, er schien stolz zu sein, Irene wusste nicht worauf.

»Sag mal, hast du vielleicht neulich in der Einführungsvorlesung mitgeschrieben? Ich habe meine Notizen verloren, und nun weiß ich nicht, wegen der Klausur am Ende, und –«

Stephan nickte. Irene lächelte. Sie hatte ihn zwischen zwei Seminaren auf dem Flur gesehen, er stand allein. Ein wenig verloren. Sie hätte nicht gedacht, dass sie den Mut aufbringen würde, ihn einfach so anzusprechen, und als sie es dennoch tat, konnte sie nicht glauben, wie leicht das war. Sie redeten über die Kurse, die sie gemeinsam besuchten. Stephan riss ein paar Seiten aus seinem Block und gab sie Irene. Seine Schrift war schön. Die Buchstaben neigten sich nach rechts und waren ganz schmal. Sie standen dicht beieinander, berührten sich, man konnte gar nicht richtig sehen, ob Stephan den Stift beim Schreiben absetzte oder jedes Wort mit einem einzigen Strich schrieb.

Zu Hause sah sie die Zettel an. Es interessierte sie nicht, was in der Vorlesung gesagt worden war. Es war ohnehin schwierig, aus den Notizen eines anderen schlau zu werden, fand Irene, sie kamen ihr seltsam zusammenhanglos vor. Seine Schrift in ihrer Wohnung aufzubewahren, seine Gedanken, die Sätze, die er aufgeschrieben hatte – Irene erschien das ungeheuer intim. Kein Anfang von irgendetwas, nichts Flüchtiges, sondern eine ganz große Sache. Etwas Bedeutsames. Als hätten Stephans Aufzeichnungen und ihre Wohnung sich längst auf eine innige Beziehung miteinander eingelassen. Sie legte die Blätter auf den Küchentisch. Die Platte hatte sie zuvor abgewischt und achtgegeben, dass sie ganz trocken war.

»Es tut mir leid«, sagte Irene. »Wir können uns eine Weile nicht mehr sehen. Ich habe jetzt auch jemanden, er heißt Stephan.«

Sie lächelte. Es war ein gutes Gefühl, beinahe als ob es automatisch wahr würde, wenn man es nur ausspricht. Timo war am anderen Ende der Leitung; er schwieg ein wenig, dann sagte er irgendetwas, lange dauerte das Gespräch nicht.

Dass aus Stephan und ihr nichts wurde und dass sie Timo sehr wohl und sehr bald wiedersah, wusste Irene in Wahrheit genauso gut wie er, zumindest ahnte sie es. Aber für einen kurzen Moment sah sie alle Möglichkeiten vor sich. Stephan war eine davon. Mit jemandem wie ihm könnte alles anders sein. Sie könnten in seiner WG gemeinsam kochen, gemeinsam lernen. Auf ihrem Bett liegen, nebeneinander, und die Spinnweben an der Decke anschauen. In der Küche rauchen, am offenen Fenster, und Musik hören, was auch immer, fernsehen, essen, atmen, Kaffee trinken und Wein, tanzen, schlafen, arbeiten. Zusammen zum Supermarkt gehen, Arm in Arm. Seine Socken mit ihren Strumpfhosen zusammen in die Waschmaschine stecken. Die Stirn runzeln, streiten und schweigen. Sich allein fühlen, wenn der andere neben einem schlief und man selbst wach lag. Gewöhnlich sein, so gewöhnlich, dass es fast schon wieder kunstfertig wäre, so ein Leben. Beinahe zum Lachen, wie ernst es ihnen miteinander sein könnte.

Ein paar Tage lang blieb alles offen, so viele Leben lauerten auf sie, schienen plötzlich greifbar. Während sie sich durch ganze Universen voller besserer, anderer Welten träumte, ging vollkommen an ihr vorüber, dass Stephan nicht von sich hören ließ. Sie vergaß ihn beinahe, so sehr war sie damit beschäftigt, sich ein gemeinsames Leben mit ihm vorzustellen.

Dann sah Irene ein, dass er sie nicht wollte, dass er ihre Nachrichten in seiner Mailbox nicht übersehen hatte und dass es keine Nachlässigkeit oder Unaufmerksamkeit war, dass er im Café des Instituts nicht an ihren Tisch kam, sondern sich zu Vanessa setzte. Und dass die Möglichkeiten, die sie hatte, nicht so zahllos waren, wie sie gedacht hatte.

Vanessa hatte nun ein paar Möglichkeiten.

Sie saß neben Stephan in einem der Seminare. Nie hatte es so ausgesehen, als würden die beiden einander auch nur wahrnehmen. Aber wie sie dort ihren Kaffee tranken, aufgebracht redend, war es auf einmal ganz klar. Vanessa war anders, aufgeschlossen, Irene fand sie weder besonders hübsch noch besonders begehrenswert, aber ihre Wachheit, ihr hastiges Reden und ihr bedingungsloses Interesse für irgendwas, das mit dem Studium zusammenhing, das alles hatte etwas Rührendes. Stephan drehte zwei Zigaretten und legte eine davon vor Vanessa auf den Tisch. Sie nahm sie, ohne den Blick von Stephans Gesicht abzuwenden, und als sie aufstanden, fiel Irene auf, wie ähnlich ihre Bewegungen waren. Es war kein bisschen erstaunlich, dass sie einander mochten. Viele waren so, verliebten sich in die, die ihnen selbst am meisten glichen. Irene hatte große Zweifel, dass Stephan und Vanessa ihr Glück begriffen. Sie hätte sich gern für ihn gefreut. Es gelang ihr nicht.

Timo stellte keine Fragen, als sie nach einer Weile doch wieder vor der Tür stand, und sie war dankbar dafür. Er war auch nicht böse, obwohl unangemeldete Besuche eindeutig gegen ihre Regeln verstießen. Sie hatte Stephans Namen nie aus seinem Mund gehört. Irene fragte sich, ob das nur aus Desinteresse so war oder ob er vielleicht begriff, dass es besser war, die Sache so bedeutungslos wie möglich aussehen zu lassen. Manche Namen waren gefährlich, sie auszusprechen glich einer Geisterbeschwörung.

Sie hielt es noch eine Zeit an der Uni aus, aber sie gab acht, dass etwas wie mit Stephan nicht so bald wieder passierte. Sie studierte vor sich hin, verzettelte sich, besuchte Kurse, die sie nicht belegen musste, die sie aber interessant fand, und machte nur ab und zu mal einen Schein, den sie tatsächlich brauchen konnte. Es kam ihr vor, als säßen jede Woche neue Leute in ihren Seminaren und Vorlesungen, da war kaum jemand, den sie wiedererkannte. Zu Referaten ließ sie sich vom Arzt ein Attest ausstellen und spielte an solchen Tagen tatsächlich krank, blieb im Bett liegen, las in abgegriffenen Taschenbüchern und schaute Filme, trank Ingwertee und aß alles, was sie im Kühlschrank hatte. Niemand erwartete von ihr, dass sie mit dem Studium fertig würde. Oder dass sie sich etwas einfallen ließe für die lange Zeit danach. Ihrer Mutter war schon rätselhaft genug, dass sie überhaupt eingeschrieben war, sie stellte keine weiteren Fragen. Worte wie »wann« und »endlich« gingen ihr noch seltener über die Lippen als andere. Ihre Mutter war so geduldig, dass es einen rasend machen konnte. Irene wusste, dass das kein Wohlwollen ihr gegenüber war, sondern eher eine logische Folge der allgemeinen Teilnahmslosigkeit, mit der sie der Welt begegnete. Timo dagegen war weniger geduldig, hatte aber schnell gelernt, dass Irene Fragen nach ihrem Fortschritt, nach ihren Plänen und Aussichten immer unangenehm waren, egal wie vorsichtig sie formuliert waren. Die Leute, die mit ihr im Hörsaal saßen, begriffen nicht, dass sie sie längst in allem überholt hatten. Und falls doch, war es ihnen egal genug, nicht davon zu sprechen. Als ihre Kommilitoninnen gerade mit dem neunten Semester begannen, buchte sie ein Ticket nach Ōsaka.

Timo sagte auf dem Weg zum Flughafen kein Wort. Er hatte darauf bestanden, sie mit dem Auto dort hinzubringen, dabei fuhr er so selten, dass das Bild von ihm am Lenkrad überhaupt nicht zu Irenes übrigen Timo-Erinnerungen passte. Es war schwer zu sagen, ob er sich sehr aufs Fahren konzentrieren musste oder ob er nicht sprach, weil ihm nichts einfiel. Auf dem Weg in Richtung Tegel veränderte die Stadt ihr Gesicht, wurde hier und da grüner. Sie überquerten einen Fluss, wahrscheinlich die Spree, vielleicht die Havel. Irene hatte diesen Teil des Stadtplans nicht im Kopf, dafür war sie zu selten von hier weggeflogen. An der Ampel machten sie neben einem Taxi halt, in dem eine junge Frau mit einem Mädchen saß. Das Kind schaute Irene an, Irene winkte, sie winkte zurück. Am Handgelenk des Mädchens baumelte ein zu großes Armband, sein Gesicht sah ernst aus, traurig und viel zu erwachsen. Irene blickte dem Taxi hinterher, als die Ampel endlich auf Grün schaltete.

Als sie durch das Gate musste, umarmte Timo sie fest und reglos. Er streichelte nicht ihren Rücken, wie er es sonst zum Abschied machte. Hielt den Atem an, als wolle er so die Zeit anhalten. Irene konnte er nicht halten, nicht in Berlin, nicht bei sich. Er sagte nicht, dass er sie vermissen würde, und sie traute sich nicht zu fragen, ob es so wäre. Vielleicht sagte er etwas anderes, Irene konnte sich später nicht erinnern, ob sie noch gesprochen hatten am Flughafen, sie spürte nur noch die Umarmung, den Druck seiner Hände auf ihren Schultern. Wie fremd sie sich plötzlich anfühlten. Wie weit sie schon von ihm entfernt war, noch ehe das Flugzeug abhob.

7. Kyōto. Heute.

雨

Irenes Schritte waren hastig und weit. Sie lief, als habe sie ein Ziel, dabei wusste sie nicht einmal, was sie hier sollte, hier auf der Straße, hier in dieser Stadt, in diesem Leben, das nur durch Zufall ihres geworden war. Während ihre Füße weiter und weiter liefen, dachte Irene an Timo. Er hatte ihr ein paar Mal geschrieben. Nicht immer hatte sie geantwortet. Sein letzter Brief war ein paar Wochen her, aber es fiel ihr schwer, sich an seine Worte zu erinnern. Nichts von Belang schien ihm passiert zu sein, jedenfalls nichts, das er Irene hätte mitteilen wollen. Er hatte ihr einmal ein Buch geschickt, die Japan-Essays von Claude Lévi-Strauss. »Die andere Seite des Mondes« hieß es, und Timo hatte wenig später noch eine Nachricht hinterhergeschickt, um zu fragen, ob es ihr gefiele. Aber das konnte auch schon im vorletzten Brief gewesen sein, oder davor irgendwann. Irene versuchte, sich an seine Hände auf ihren Schultern zu erinnern oder an das Gefühl, wenn sie ihn im Bett umarmte, von hinten, so dass ihre Brüste an seinem harten, glatten Rücken ein wenig plattgedrückt wurden. Sie konnte sich an sein Gesicht nicht mehr erinnern. Es wurde in ihrer Vorstellung zu dem Gesicht des Mannes aus Zimmer 1009, an das sie sich auch nicht erinnerte. Sie zog die Schuhe aus und lief barfuß weiter. Der Asphalt war glatt und schmutzig, die Sonne untergegangen, und plötzlich stand sie mitten in Gion, so wie alle Touristen, egal ob sie aus Hokkaido oder Malmö angereist waren, irgendwann in Gion landen, und die Stadt glitzerte und duftete nach altem Holz.

Gion, versprachen die Reiseführer, solle einem das alte Japan zeigen, ein authentisches Vergnügungsviertel, alt und neu, tot und lebendig zugleich, vielleicht weder das eine noch das andere. Hier konnte man Geishas beobachten, die aus Taxis stiegen, zu einem Termin liefen, mit kleinen, vornehmen Schritten und auf hölzernen Sohlen. Frauen liefen in traditionellen, kunstvoll gefertigten Gewändern umher. Der schwere Brokat war von Ornamenten geziert, die Irene Angst einjagten, weil sie fürchtete, sich in den Mustern zu verlieren, wenn sie zu lange hinsah. Touristen hatten sich ihre Kameras ums Handgelenk gehängt, um keine Gelegenheit zu verpassen; jeder wollte einen solchen Blick festhalten, auf einen Kimono, auf den *obi*, auf die kunstvollen Frisuren der *maiko*, auf das Japan, das sie in Filmen von Akira Kurosawa und in Büchern über Geishas und Samurai vorgefunden hatten und das von Downtown Kyōto genauso weit entfernt war wie von Köln, wenn man nicht genügend Zeit hatte, um gründlich genug danach zu suchen.

Sie war ein paar Mal in Gion gewesen und hatte geglaubt, schon alles gesehen zu haben. Den Schrein, der dem Distrikt ein Ende setzte und ihn von der profanen restlichen Stadt abgrenzte, hatte sie sich angesehen, und sie hatte sich in den schmalen Sträßchen von einer Begeisterung fortreißen lassen, die ihr eigentlich fremd war einer Begeisterung für das Erhabene, für stillgestandene Zeit, für einen Ort, an dem die Geschichte aufgehört zu haben schien, weil Vergangenheit und Gegenwart hier eins waren. Zu ihrer eigenen Verwunderung spürte sie diese Begeisterung nun erneut. Von der Hauptstraße bog sie südwärts in eine Gasse ein. Links und rechts standen Holzhäuser. Das Licht war anders hier als in der restlichen

Stadt, wärmer und weicher, und über den Dächern hing der Mond in einer schmalen Sichel. Irene vergaß beinahe, wo sie war. Das Hotel Kikka, ihre Wohnung, die Geschäfte und Cafés schienen zu einer anderen Wirklichkeit zu gehören. Die Menschen gingen langsam, und so drosselte auch Irenes Körper die Geschwindigkeit, passte sich an die Gehenden und Staunenden um ihn herum an. Sie blieb ein paar Mal stehen, sah sich um.

Neben ihr wurde eine Holztür aufgeschoben. Ein Mann trat auf die Gasse heraus. Er sah unvorstellbar alt aus. Seine Augen lagen tief in den Höhlen, und mit einem wässrigen Blick sah er Irene an, musterte sie, flüsterte etwas, ging wieder hinein. Die Tür wurde zugeschoben. Sie fröstelte. Der Asphalt war noch von der Sonne aufgeheizt gewesen, als sie in die Straße eingebogen war, und nun fühlte sie vor lauter Kälte kaum mehr ihre Füße. Ihr Zittern kroch bis zu den Schultern hinauf und setzte sich dort fest. Sie blieb stehen, unentschlossen, unfähig, weiterzugehen oder umzukehren. Nun also hatte Irenes Körper wieder alle Entscheidungsgewalt ihr selbst überlassen. Erschöpft stand sie im Licht der Laternen. Sie schloss die Augen, und als sie sie wieder öffnete, huschte eine Gestalt über die Straße, in einiger Entfernung, aber nah genug, um jeden Zweifel auszuschließen. Der Mann aus 1009.

Irene lief los, in seine Richtung. Sie streifte sich die Schuhe wieder über. Er war schon außer Sichtweite, aber es gab nicht viele Möglichkeiten, wo er sein könnte, keine Abzweigungen mehr in der Richtung, in die er nun lief. Am Ende der Straße, gleich hinter dem Kabuki-Theater, war eine Tempelanlage, die bei dem großen Angebot an Attraktionen kaum Beachtung fand. Je näher sie dem Tempel kam, desto weniger Menschen waren auf der Straße. Als sie schließlich am Ende der Straße und damit am Eingang des Tempels angekommen war, war sie ganz allein.

Es war ruhig hier, ruhig und finster. Nur wenige Laternen beleuchteten den Weg, und der Mond, der den Himmel immer weiter hinaufkroch. Sie überquerte einen Parkplatz, lief weiter zum Tempel hinab, und als sie vor dem Gebäude stand, fühlte sie ihre Müdigkeit. Es war ganz unmöglich, noch weiterzugehen. Sie setzte sich auf eine Bank neben dem Tempelgraben und schaute ins schwarze Wasser. Die Oberfläche war glatt und reglos. Seerosen schwammen darauf. Der Mond spiegelte sich zwischen ihren Blättern. Es war nichts mehr wichtig. Nicht wichtig, ob der Mann dort gewesen oder nur ein Trugbild war. Nicht wichtig, ob sie heute noch nach Hause käme. Oder morgen früh zur Arbeit. Oder ob sie noch in diesem Jahr nach Deutschland fliegen und ihre Mutter besuchen würde. Oder Timo. Oder ihren Vater. Der würde von allen die größten Augen machen und einen gehörigen Schreck kriegen, wenn Irene vor ihm stünde, vor seiner Haustür, hinter der eine ganze Familie wohnte, mit der seine Tochter ganz und gar nichts zu tun hatte.

Diese Bank am Wasser schien der einzig richtige Ort für Irene zu sein. Ihre Augen gewöhnten sich schnell an die Dunkelheit. Durch das Wasser huschten Schatten. Immer deutlicher konnte sie die Fische sehen, es waren Karpfen, große, träge Kois. Einer von ihnen war besonders hell. Seine weißen und orangen Schuppen waren nun ganz klar zu erkennen. Sie glänzten in dem spärlichen Licht, als der Fisch seinen Kopf aus dem Wasser streckte und Irene ansah, als wolle er ihr etwas erzählen, wenn er nicht stumm wäre. Sie musste sehr konzentriert gewesen sein auf diesen Fisch, denn sie bemerkte den Mann erst, als er bereits neben ihr auf der Bank saß, und sie erkannte ihn, noch ehe sie aufblickte, an seinem Räuspern, das gleiche Räuspern, das sie auch in Zimmer 1009 bereits aus ihrer Versunkenheit gerissen hatte.

»Er hat ein Gesicht wie ein Mensch, findest du nicht?«

Der Mann zeigte auf den Fisch, und der Fisch drehte sich zu ihnen herum. Irene war, als habe sie noch nie eine so schöne Stimme gehört wie die des Mannes. Sie lächelte, lauschte und sah hin. Ein Menschengesicht. Kaum hatte der Mann es ausgesprochen, sah sie es auch. Es blickte sie noch ein letztes Mal an, dann kehrte der Karpfen um und schwamm davon.

»Weshalb bist du hier?«, fragte Irene.

»Hier in Japan, meinst du? Oder hier in Gion?«

»Ich weiß nicht – weshalb bist du hier in Japan?«

»Ich habe zu tun, hier. Nichts von Belang, fürchte ich. Und du?«

»Ich auch. Nichts von Belang.«

Sie schwiegen eine Weile, und Irene fragte sich, ob er recht hatte, ob er wirklich nichts tat, das von Belang war. Mit ihrer eigenen Antwort war sie einverstanden, sie schien das, was sie machte, sehr treffend zu beschreiben.

»Ich glaube, was ich eigentlich fragen wollte, ist, weshalb wir beide hier sind. Du weißt schon – weshalb wir uns hier treffen und weshalb du dich zu mir gesetzt hast.«

»Woher soll ich das wissen? Ich habe ganz kurz gedacht, du seist mir vielleicht gefolgt, aber das scheint mir nicht gerade wahrscheinlich. Es ist jedenfalls schön, dich wiederzusehen. Du siehst erschöpft aus. Ist mein Zimmer hergerichtet?«

Die Frage erschien Irene unangemessen, fast ein wenig unverschämt. Aber etwas lag in seiner Stimme, das ihr gefiel. Etwas Verbindliches, eine Forderung, so, als sei sie ihm verpflichtet, ihm ganz persönlich. Er wartete ihre Antwort nicht ab.

»Ich möchte, dass du morgen dorthin gehst. Du wirst genau dieses Zimmer wieder schön machen, und ich möchte, dass du es ganz sorgfältig machst. Konzentrier dich darauf. Die anderen Räume kannst du routiniert und notdürftig herrichten, lass dich dabei ruhig ablenken, aber wenn du in mein Zimmer kommst, dann denk an nichts anderes mehr. Und wenn du damit fertig bist, und nicht eher, dann sieh hinter dem Spiegel nach. Nicht dem im Bad, sondern hinter dem großen, der im Zimmer gegenüber dem Bett hängt. Wir werden uns wiedersehen, da bin ich sicher. Ich versprech's dir. Geh jetzt nach Hause, schlaf dich aus. Pass auf dich auf.«

Er stand auf und ging, ließ Irene zurück in ihrer Ratlosigkeit. Als er irgendwo in der Dunkelheit verschwunden war und seine Schritte nicht mehr zu hören waren, hielt sie noch mal Ausschau nach dem Fisch, dem mit dem Menschengesicht, aber das Wasser war ganz undurchsichtig, die Fische untergetaucht. Eine Wolke hatte sich vor den Mond geschoben. Irene machte sich auf den Weg.

8. Kyōto. Heute.

雨

Über Nacht war endlich der Regen gekommen. Es war, als habe ganz Kyōto darauf gewartet. Der Sommer war bislang unnatürlich trocken gewesen; heiß war es schon lange, aber nun erst setzte der Regen ein, der für diese Region so typisch und von dem Irene lange verschont geblieben war. Die Hitze sollte erst nach dem Regen kommen, so war es immer, das war der Sommer, von dem Timo ihr erzählt hatte: »Es regnet vier, fünf, vielleicht sechs Wochen lang. Der Regen scheint gar kein Ende zu nehmen. Und genau dann, wenn du dich damit abgefunden hast, dann hört der Regen auf, und es wird so unerträglich heiß, dass du glaubst, deine Haarspitzen müssten in Flammen aufgehen.« Irenes japanischer Sommer war ganz anders, die Jahreszeiten, auf die man in Kyōto einen solchen Wert legte, dass man sie mit allerhand Ritualen begrüßte und verabschiedete, diese Jahreszeiten stimmten scheinbar nicht mehr, seit sie hier war.

Als Irene zu Hause angekommen war, hatte sie sich sofort ins Bett gelegt. Sie war aus den Kleidern gestiegen und hatte sie auf dem Fußboden liegen lassen, nicht einmal die Zähne hatte sie sich mehr geputzt. Es war ein erholsamer, tiefer Schlaf gewesen, der sie nur widerwillig losließ, als das Klopfen des Regens an der Fensterscheibe begann.

In ihrem Halbschlaf hatte Irene sich vorgestellt, wie sie in ihrem alten Kinderzimmer lag, nur, dass das Kinderzimmer in diesem halben Traum im Erdgeschoss lag und nicht unter dem Dach. Nicht wie ihr richtiges Kinderzimmer. Sie hatte sich vorgestellt, wie jemand draußen stand und an ihr Fenster klopfte, ganz beständig, sacht, und ihr fiel ein, dass sie ihren Besuch durchs Fenster einlassen musste, weil dieses Haus keine Türen hatte. In ihrem Traum stand sie auf, schob die Vorhänge zur Seite und sah nach, erschrak vor dem, was dort im dunklen Garten stand, so sehr, dass es sie aus dem Schlaf riss, und sie vergaß noch im selben Moment, was ihr eine solche Angst gemacht hatte.

Es war noch immer heiß in ihrer Wohnung. Draußen ging kein Wind. Die Nässe kroch durch jede Ritze zu ihr hinein; sie fühlte sie auf der Haut, strampelte sich von ihrer Decke los und lag da, atemlos, auf dem feuchten Laken. Sie war wach, aber ihr Körper mochte sich noch nicht bewegen. Es kostete sie einige Anstrengung, in die Küche zu gehen, ein Glas Wasser zu trinken, noch mehr Nässe, sie stellte sich unter die Dusche, obwohl es viel zu früh war, um zur Arbeit zu gehen, und sie fühlte, wie sie von außen aufweichte. Hinterher war ihre Haut an den Fingerspitzen und an den Zehen ganz aufgequollen und faltig. Es war fünf Uhr früh. Die Stadt schlief noch, der Regen prasselte noch, und es fühlte sich falsch an, plötzlich, so allein zu sein. Irene wäre gern zu jemandem ins Bett gekrochen, zurück unter die Decke, hätte denjenigen geweckt, gestreichelt, sanft, so lange, bis er mit ihr schlief, sich an ihr wach machte, nur, um hinterher in einen neuen Schlaf zu versinken, einen zufriedenen, schweren Schlaf. Es war lang her, dass sie zuletzt über Nacht bei jemandem geblieben war. Das war noch in Deutschland gewesen. Diese eigentümliche Art von Wärme, die es nur unter einer Bettdecke gibt, unter der schon jemand anderes liegt, konnte sie sich kaum ins Gedächtnis rufen. Nur dass es sie gab, das wusste sie noch, und auch, dass diese Art von Wärme hier in ihrer

Wohnung in Kyōto unvorstellbar war. Es blieb ihr nichts als wach zu bleiben, und um nicht an die vergangene Nacht zu denken, nahm sie Timos Buch, »Die andere Seite des Mondes«, und setzte sich damit an den Tisch, aber lesen konnte sie nicht. So sah sie die Buchstaben an und die Illustration auf dem Cover, die Fotos, die im Inneren abgebildet waren, strich mit den Fingerspitzen über die Seiten und lauschte dem Takt des Regens, bis es an der Zeit war zu gehen. Irene wollte vor den anderen dort sein. Dann könnte sie sich ein Stockwerk wünschen, auf dem sie heute arbeiten würde, und ihren Namen als erste in die Liste eintragen lassen.

»Ich nehme den zehnten Stock und fange an bei 1001«, erklärte Irene in ihrem auswendig gelernten Japanisch. »Okay«, sagte die Person mit der Liste, Yoshiko Mizuguchi. Irene fand sich nicht besonders klug. Dass sie bei diesem Spiel mitmachte, gefiel ihr nicht. Sie wusste doch, dass der Mann schon vor Tagen abgereist war. Sie wusste doch, dass hinter dem Spiegel nichts sein konnte. Sie fragte sich, was dem Mann einfiel, so etwas zu behaupten und wie er dazu käme, solche Forderungen an eine zu stellen, die er nicht kennt und die bis zu der Nacht zuvor ernsthafte Zweifel an seiner Existenz gehegt hatte, und zwar aus gutem Grund – aber sie konnte sich nicht richtig ärgern über ihn und seine Befehle. Und auch nicht über dieses Gefühl, das ihr verriet, dass sie tun würde, was er gesagt hatte. Dass sie sich hinterher schämen würde, weil er sich über sie lustig gemacht hatte. Und dass Scham immerhin besser war als gar nichts.

Von den acht Zimmern, die vor dem Raum des Mannes an der Reihe waren, waren drei noch von den Gästen belegt und eines stand die letzte Nacht leer. So war sie eher bei Zimmer 1009 angelangt, als sie gedacht hatte, und instinktiv verlangsamte sie ihr Tempo, schon als sie den Rollwagen mit ihrem Putzzeug auf die Tür zuschob. Als wolle sie den Moment noch hinauszögern, in dem sie den Spiegel herumdrehen und nichts finden würde. Das Zimmer war nun von einem Paar belegt. Die beiden waren erst am vergangenen Abend angekommen und hatten sicher noch nicht viel Zeit im Hotel verbracht; es gab kaum etwas zu tun, und das, was zu tun war, erledigte Irene mit doppelter Gründlichkeit und halb so zügig, wie sie es hätte tun können, wenn sie ihre ganz auf die Arbeit eingestellten Arme nicht immer wieder zu Langsamkeit ermahnt hätte.

Sie schloss die Gardinen. Es war keineswegs so, dass irgendwer von außen ins Hotel Kikka hätte hineinschauen könnte, erst recht nicht auf dieser Höhe. Da war nur der Bahnhofsvorplatz, gleich dahinter der Kyōto Tower. Keine Häuserreihe in Sicht, und schon gar nicht auf dieser Höhe. Stattdessen konnte man bis zu den Bergen sehen, die heute grau und schemenhaft am Horizont herumstanden und ein wenig attraktives Bild abgaben. Dennoch war Irene, als würde sie beobachtet.

Im Spiegel sah sie ein müdes Gesicht, und müde Arme hoben ihn von der Wand. Auf der Rückseite des Spiegels klebte ein Briefumschlag. Irenes Fingerspitzen zogen ihn behutsam ab. In dem Moment, als sie die Schrift auf dem Umschlag sah, hörten die Geräusche aus den Nebenzimmern auf, das Hotel verschwand aus ihrer Wahrnehmung, schrumpfte zusammen auf diesen einen Raum. Die Stadt hinter den Vorhängen hörte auf, sich zu bewegen. Die Schrift war ihre eigene.

9. Kyōto. Heute

雨

Ein Apfelkern fiel Irene in den Schoß und rutschte zwischen zwei Falten in ihrer Hose. Sie zog ihn mit spitzen Fingern hervor, steckte ihn in den Mund und biss mit den Schneidezähnen darauf. Der Kern schmeckte bitter, aber das machte ihr nichts aus. Im Gegenteil, der Geschmack gefiel ihr. Sie konnte sich gar nicht mehr vorstellen, dass sie das Kerngehäuse früher weggeworfen hatte.

Vor Japan hatte Irene Äpfeln keinen besonderen Wert beigemessen. Sie hatte sie nebenbei gegessen, am Morgen ins Müsli geschnitten und die Hälfte davon stehen gelassen, sie in ihrer Tasche zur Uni getragen, sie zwischen zwei Seminaren auf dem Flur verspeist oder hinterher in der U-Bahn. Sie hatte sie in großen Plastikbeuteln zu zwei Kilo gekauft und wenn einer dabei war, der nicht okay aussah, hatte sie ihn ohne zu zögern entsorgt.

Hier in Japan waren die Äpfel ganz anders. Eine Kostbarkeit, selten und teuer. Sie hießen りんご – *ringo*, wie Ringo Starr. Das Wort klang für Irene noch ein wenig seltsamer als die anderen japanischen Vokabeln. Im Supermarkt wurden die Äpfel nicht kiloweise verkauft, sondern pro Stück, und zu einem Preis, dass keiner so schnell auf die Idee käme, mehr als einen oder vielleicht zwei auf einmal zu kaufen. Für diesen hatte Irene über 200 Yen gezahlt. Oft waren sie einzeln in Netze aus Styropor verpackt. Große, kugelrunde, duftende Äpfel.

Irene aß auch die scheußlichen Stellen mit, sogar mehlige Druckstellen, die sie in Deutschland dazu bewegt hätten, großzügig drumherum zu essen und den Rest einfach wegzuwerfen.

Sie ließ auch jetzt nur den Stiel übrig und legte ihn auf den Tisch, neben den Brief, der noch immer verschlossen war. Sie mochte ihn nicht aufmachen. Er galt ihr ja auch gar nicht. Vorn auf dem Umschlag stand Timos Adresse. Timos Adresse mit einem kreisrunden, kein bisschen ovalen O, das ein wenig abseits von den anderen Buchstaben stand, mit einer 9 in der Hausnummer, die zu klein geraten war, mit lauter Buchstaben und Ziffern, die Irenes Handschrift so deutlich erkennbar machten, dass kein Zweifel blieb: Sie hatte das geschrieben. Selbst der Umschlag kam ihr bekannt vor. Es war eines dieser schmalen Kuverts, die es in dem Supermarkt in ihrer Straße gab. Ein japanisches Format, kleiner als die deutschen, für kleineres Papier gemacht und mit der Öffnung an der schmalen Seite. Der Brief wog fast nichts, aber dick, wie er war, konnte der Umschlag unmöglich leer sein. Irene wog ihn auf den Fingerspitzen. Als wäre er gar nicht da. Sogar eine Briefmarke klebte recht ordentlich in der Ecke. Ein Vogel war darauf abgebildet, der seinen Kopf neigte, eine Art Amsel vielleicht. Und daneben ein Aufkleber, der ihn als Luftpost kennzeichnete.

Zwischen all den Möglichkeiten, die sie hatte – den Brief lesen, den Brief wegwerfen, den Mann zur Rede stellen, sollte sie ihn wirklich je wiedersehen, sich noch ein wenig weiterwundern, ihn vergessen, in eine Schublade stecken und nie mehr hervorholen – zwischen all den Möglichkeiten entschied sie sich für die fernliegendste. Sie ließ den Apfelstiel allein auf dem Tisch zurück und zog sich die Schuhe an, nahm ihre Jacke vom Haken und zog sie an, ohne hinzusehen und lief zum nächsten Briefkasten. Ohne innezuhalten und ohne nachzudenken die Straße hinab, mit klackernden Absätzen, bloß hinein damit in den Kasten, fort mit dem Brief, weit fort, bis nach Berlin schickte sie ihn, und eine noch größere Entfernung war ihr unvorstellbar. Was in Berlin war, das ging Irene nichts mehr an. Nicht Timo. Nicht dieser Brief. Weder Carsten noch seine Nichte, nicht Stephan, nicht die alte Wohnung, in die nun eine ganze WG eingezogen war.

Vergessen war Irenes großes Talent. Das konnte sie wie sonst kaum jemand – die meisten vergaßen, was ihnen nicht wichtig war; wollten sie etwas mit Absicht vergessen, gelang es nicht. Bei Irene war es vielleicht genau umgekehrt. Ihr Gedächtnis war hervorragend, sie merkte sich fast alles, was sie behalten mochte, und sortierte aus, was ihr nicht behagte. Sie hatte nie einen Kalender gebraucht, alle wichtigen Telefonnummern im Kopf und kannte den Dienstplan immer zwei oder drei Wochen im Voraus auswendig. Mit Zahlen und Daten war sie wirklich gut, so gut, dass sie keine allzu großen Zweifel hatte, auch die japanischen Vokabeln und Schriftzeichen irgendwann zu meistern. Aber wenn ihr eine Erinnerung unangenehm war, gelang es ihr meist, nicht daran zu denken.

Kaum war der Brief weg, kam ihr das Ganze schon nicht mehr wirklich vor. Zu Hause ließ sie die Tür ins Schloss fallen und verschwendete keinen Gedanken mehr an das, was geschehen war, selbst an den Mann mochte sie nun nicht mehr denken. An gar nichts mehr.

In der Nachbarwohnung hörte ihre Vermieterin Radio, einen französischen Sender wahrscheinlich, denn sie kam aus der französischsprachigen Schweiz und hatte Irene gegenüber ein paar Mal betont, dass sie es nie weit gebracht hätte im Japanischen. Irene, die es im Japanischen auch noch nicht besonders weit gebracht hatte, lauschte dem Singsang, der durch die dünne Wand zu ihr herüberdrang. Nichts zu verstehen.

10. Kyōto. Heute.

雨

Irene zog ihre Arbeitskleidung an, strich den Rock glatt und verstaute all ihre Sachen in ihrem Spind. Jedes Zimmermädchen hatte hier einen Schrank, in einem Raum unterhalb der Rezeption, im Keller des Hotels. Hier gab es keine Lampenschirme, nur Neonröhren und eine Wand mit Spinden, einen großen Kleiderständer mit den Uniformen und eine Reihe Rollwagen mit Bettlaken und Handtüchern, Cremetöpfchen und Zahnbürsten, die nur einen Tag lang hielten. Für die Gäste. Irene hatte es zu Hause ausprobiert, sie hatte eine Zahnbürste mitgenommen, die die Gäste eingeschweißt übrig gelassen hatten, nicht darüber nachgedacht, ob das gegen die Vorschriften verstieß, um sich am Abend und am Morgen damit die Zähne zu putzen. Danach standen die Borsten in alle Richtungen ab und lösten sich von der Zahnbürste. Dass so etwas Flüchtiges überhaupt hergestellt wurde, war Irene ein Rätsel; sie fand es ein wenig rührend, ließ die Zahnbürsten seitdem aber im Hotel. Anderswo hatten sie noch viel weniger Sinn.

Irene wusste nicht, wie die anderen es schafften, ihre Sachen in den Spinden zu verstauen. Bei ihr hing immer ein Henkel ihrer Tasche heraus, wenn sie die Tür schloss, oder ein Ärmel drängelte sich im letzten Moment nach draußen, als wolle er sich gegen das Eingesperrtsein wehren. Die anderen Zimmermädchen bekamen das besser hin. Sie verstauten ihre Kleidung und ihre Taschen immer mit kleinen, eleganten Bewegungen. Sie falteten sie zusammen, als wäre das eine besondere Kunst, und stapelten sie so, dass sich eins ins andere zu fügen schien. Nun war Irene allein hier im Raum, zu früh dran, und sie versuchte, sich zu erinnern, wie die anderen ihre Spinde einräumten, um herauszufinden, was sie anders machten.

Sie hatte Hitomi Akatsuka nicht gehört. Plötzlich war sie einfach da, dicht hinter Irene stand sie und schaute geradewegs an ihr vorbei, auf die Kleidung in ihrem Spind. Sie trug bereits ihre Arbeitskleidung. Vielleicht war sie die ganze Zeit schon da, dachte Irene, oder zumindest schon länger, aber ehe sie sich dazu entschließen konnte, eine schwierige Frage auf Japanisch zu stellen, um es zu erfahren, nahm Hitomi ihr die blaue Regenjacke aus der Hand, faltete sie zusammen, genau wie den Pullover, die Jeans, die Schuhe, und sie räumte Irenes Spind ein, als sei das ganz normal.

Irene sah ihr dabei zu, aber anstatt darauf zu achten, was Hitomi mit ihren Sachen machte, konnte sie den Blick nicht von ihrem ernsten Gesicht abwenden. Hitomi sah ein wenig aus wie ein Rabe, dachte Irene, mit ihrer etwas krummen Nase und den pechschwarzen Augen, die einen immer zu beobachten schienen, egal wohin sie schauten, und mit den schwarzen Haaren, die am Hinterkopf zu einem Knoten gebunden waren. Irene fand, dass sie sehr schön war, und dass Hitomi alles in sich vereinte, was sie an den Raben in Kyōto so gern mochte, diesen klugen Blick und das tiefe Schwarz, das alles Licht in sich aufnahm und nichts davon wieder zurückgab.

In Kyōto gab es viele Raben. In der ganzen Stadt konnte man sie sehen, wenn man nur ein wenig darauf achtete. Aber die meisten von ihnen lebten in dem Garten, der den alten Palast des Kaisers umgab. Es hieß, als der Kaiser 1869 die Stadt verlassen habe, um Platz zu machen für die Modernisierung seines Landes, sei das Volk bestürzt gewesen, so bestürzt, dass Frauen und Männer mitten auf der Straße in Tränen ausgebrochen seien. Der Kaiser war sechzehn Jahre alt, als er mitsamt seinem Hof nach Tōkyō aufbrach und eine neue Zeitrechnung begann. Heute weinte hier offenbar niemand mehr um den jungen *tennō*, und der leere Palast schien nun von den Raben regiert, die im kaiserlichen Garten ihren eigenen Hofstaat gebildet hatten.

Irene ging gern dort spazieren, am liebsten dann, wenn das Wetter trüb war oder die meisten Leute arbeiteten, wenn also zu erwarten war, dass nicht viel los sein würde. Die Erwartungen stimmten meistens, der Park war oft so menschenleer, dass die einzigen Geräusche die Schreie der Raben waren. Von hoch oben kamen sie und hallten über den ganzen Garten hinweg, unmöglich, eine einzige Rabenstimme auszumachen, da war immer ein ganzer Chor. Vollkommene Ruhe gab es nicht in diesem Teil der Stadt, aber die Geräusche unterschieden sich zutiefst von dem, was außerhalb der Gartentore zu hören war, sodass es Irene jedes Mal schwer fiel, in die Stadt zurückzukehren, wenn sie bei den Raben gewesen war. Dann kam ihr Kyōto plötzlich doch ganz fremd vor, all die Leuchtreklamen und die Taxis und Radfahrer und Busse. Als wäre der Heimweg, zurück in ihre Wohnung, nach solchen Rabenbesuchen immer ein wenig länger und mühsamer als der Hinweg.

Hitomi schloss die Spindtür zu und gab Irene wortlos den Schlüssel. Sie hatte ganz schmale Handgelenke, um das eine trug sie ein silbernes Kettchen. Es war viel zu weit und ein wenig zu erwachsen für Hitomis kindliche Erscheinung. Sie wirkte wie ein ernstes, verschlossenes Mädchen; als sei sie zu jung für ihre nachdenkliche Art. Dabei war es wahrscheinlich genau umgekehrt, wahrscheinlich war sie viel älter, als ihr Körper aussah. Es war Irene nicht möglich, zu schätzen, wie alt sie sein mochte. Hitomi nahm einen Rollwagen und verschwand auf dem Flur. Irene nahm ebenfalls einen Wagen, lief hinter ihr her und wusste nicht, was sie sagen sollte, also sagte sie einfach: »Hitomi«. Ihre Stimme klang nicht vertraut. Das war immer so, wenn sie ein neues Wort zum ersten Mal sagte. Ungelenk, ungeschickt, so, als lerne sie gerade erst zu sprechen. Hi-to-mi. Die Silben kamen einzeln aus ihrem Mund heraus, als hätten sie rein gar nichts miteinander zu tun. »Hitomi-san«, sagte sie noch einmal höflicher und fühlte, wie sich die Zunge in ihrem Mund bewegte. Hitomi blieb nicht stehen, aber sie drehte sich um, ohne die Hände vom Griff ihres Rollwagens zu nehmen, und über ihre Schulter hinweg sah sie Irene an. Es sah aus, als lächelte sie ein rares, kurzes, kleines Lächeln unter ihrer schönen Rabennase.

Irene hätte sich gern für ihre Hilfe bedankt, aber Hitomi hatte sich schon längst wieder abgewendet und war mit eiligen Schritten um die nächste Ecke verschwunden. »*Arigatō*«, danke, flüsterte sie stattdessen zwischen die Handtücher und Bettlaken, die sich vor ihr auftürmten. Als sie bei den Aufzügen ankam, war Hitomi schon auf dem Weg nach oben, auf die Flure, wo die Gäste wohnten. Einer der Fahrstühle zeigte die Zahl der Stockwerke an, an denen er vorbeikam. Bei Nummer zehn blieb er stehen. Heute würde vielleicht Hitomi Zimmer Nummer 1009 herrichten.

Alles ging seinen gewohnten Gang. Es gab weder Beschwerden noch Sonderwünsche, keine besonderen Vorkommnisse, nichts von Belang. Draußen regnete es. An den Fensterfronten lief das Wasser hinunter. Heute konnte man nicht bis zu den Bergen sehen, man musste sich schon Mühe geben, auch nur die Straßenzüge vor dem Hotel Kikka richtig zu erkennen. In grauen Farben floss alles ineinander, die Häuser, die Menschen, die Regenschirme. Irenes Arme putzten und wechselten Laken, wischten über Fenster und Spiegel, und die Schicht war viel zu schnell vergangen, als dass sie überhaupt dazu gekommen wäre, sich zu langweilen oder über irgendetwas Bestimmtes nachzudenken. Sie hatte gehofft, Hitomi im Keller wiederzusehen, aber dort waren nur zwei andere Zimmermädchen, die Irene nicht kannte und die ihr außerdem den Rücken zuwandten. Sie schloss den Spind auf und fand alles in bester Ordnung vor. Ganz unten lag ihre blaue Regenjacke; sie zog den Reißverschluss hoch bis unters Kinn und zog an den Bändern in der Taille, um sie enger zu machen.

Irene hatte die Jacke schon vor Wochen gekauft, als alle bereits vom Regen sprachen, aber noch nichts davon zu spüren war. Auf ihre erste Regenzeit hatte sie sich gefreut. Fast so wie jemand, der noch nie Schnee gesehen hat und auf den Wintereinbruch wartet. Sie hatte die Jacke in einem Schaufenster auf dem Heimweg vom Hotel entdeckt und war tagelang immer wieder daran vorbeigegangen, hatte mal flüchtige, mal ganz genaue Blicke auf den blauen Stoff und das Preisschild darunter geworfen, und irgendwann war sie einfach umgekehrt, als sie den Laden eigentlich längst hinter sich gelassen hatte, und hatte mit einem einzigen großen Geldschein bezahlt. Die Jacke stand ihr gut. Der Stoff war weich und leicht, ein Taubenblau, mit weißen Tupfen. Richtig japanisch sah sie aus und nicht wie eine Regenjacke. Das Wasser perlte trotzdem daran ab, die Jacke hielt sie trocken und machte sie schön.

Alles war heute noch möglich, sie konnte in ein Nudelrestaurant gehen und eine Schüssel *ramen* essen, oder in dem Pub vorbeischauen, wo sich so viele Europäer trafen, die in Kyōto ein neues Zuhause, aber noch kein gutes Bier gefunden hatten. Vielleicht würde sie einfach ein wenig in ihrer Jacke durch den Regen gehen. Oder zu den Raben. Es war noch viel zu früh für den Pub und auch noch keine gute Zeit für eine Nudelbar, aber das war egal. Seit die Stadt unter Regenwolken lag und die Sonne kaum noch zu sehen war, fühlte sich Irene sowieso, als würde es dauernd dämmern, als gäbe es gar keine richtigen Tage und Nächte mehr, sondern nur noch endlos lange Stunden dazwischen.

Mit leichten Schritten ging sie durch die Bahnhofshalle, zu den Rolltreppen, die zur U-Bahn hinabführten. Es ging seinen gewohnten Gang. Alles. Bis Irene an den Münzfernsprechern vorbeiging, die normalerweise niemand benutzte, weil einfach niemand mehr einen Münzfernsprecher brauchte. Nur heute stand dort jemand und telefonierte. Der Mann aus 1009. Er lächelte geschäftig, redete mit seiner festen, sicheren Stimme in den Hörer hinein, und schob unentwegt 100-Yen-Münzen in den Schlitz, eine nach der anderen. Irene stellte sich zu ihm, ein wenig zu nah, und schaute die Nummer auf dem Display an. Die Vorwahl von Deutschland war dort, dann die von Berlin, und dann kam eine Zahlenfolge, die Irene bekannt vorkam. Der Mann legte auf und sah Irene ohne die geringste Überraschung an.

»Mit wem hast du gerade gesprochen?«

»Das erzähle ich dir, aber nicht hier. Ich lade dich auf einen Drink ein. Du kennst doch diesen Pub, wo immer die ganzen Engländer und Franzosen sind, drüben in Gion?«

Irene setzte sich die Kapuze auf und lief hinter ihm her, aus dem Bahnhof heraus. Er ging auf ein freies Taxi zu, ohne Schirm und ohne sich sonderlich zu eilen. Auf der Fahrt nach Gion wiederholte Irene im Gedächtnis die Telefonnummer, die der Mann gewählt hatte. Timos Nummer. Timos graues Telefon, das auf dem Beistelltisch in seiner

Wohnung gestanden hatte und das beim Klingeln immer ein wenig gescheppert hatte, und der Münzfernsprecher hier in Kyōto, und nun sollte da auf einmal eine Verbindung sein zwischen den beiden Apparaten, eine Verbindung, die Irene vollkommen schleierhaft war, so schleierhaft, dass sie sich kaum darüber wundern konnte. »*Amega futteiru*«, es regnet, sagte der Taxifahrer auf Japanisch, als habe er es eben erst bemerkt. Er sagte es zu keinem seiner beiden Fahrgäste, sprach vielmehr mit der Windschutzscheibe, und Irene malte das Zeichen für Regen auf das beschlagene Fenster neben sich. Ihre Finger merkten sich die Strichfolgen viel zuverlässiger als ihr Gehirn, darum schrieb sie, so oft sie konnte, immer wieder die gleichen Symbole. Regen, *ame*, 雨.

11. Kyōto. Heute.

雨

Die Wände des Pubs hatten die Hitze der vergangenen Wochen gespeichert. Es gab hier keine dieser neuen Klimaanlagen, wie Irene sie aus dem Kikka kannte. Stattdessen schwitzten die Menschen am Tresen und störten sich offenbar überhaupt nicht daran. Gleich über ihren Köpfen sangen R.E.M. aus staubigen Boxen, die Musik war laut, die Gespräche lauter, Gläser klirrten aneinander und auf die Tischplatten. Es gab Heineken, Guinness, Budweiser. Zu jeder Sorte passende Biergläser und passende Bierdeckel. Nüsse. Japanische Zigaretten: Seven Stars, Peace und Hope. Englische Gäste und schottische, französische, russische, an jedem Tisch wurde eine andere Sprache gesprochen. Manche dieser Sprachen erkannte Irene, viele andere klangen einfach nur fremd. Der Pub sah aus, wie ein Pub eben aussieht, überall auf der Welt, ein wenig urig und nicht gerade sehr japanisch, aber genau darum ging es wohl auch. Sie bestellte ein Guinness. Er trank Kaffee und scherte sich nicht darum, dass dies ungefähr der unpassendste Ort zum Kaffeetrinken war.

»Gegen den Jetlag«, sagte er. »Schmeckt fürchterlich, muss also sehr wirksam sein.«

»Du bist doch schon ewig hier. Wie kannst du noch immer die Zeitverschiebung merken?«

Der Mann zuckte mit den Schultern. Sie mochte sein Lächeln jetzt nicht sehen, sie konnte sich beim besten Willen nicht vorstellen, weshalb er so freundlich und fröhlich dreinschaute.

»Was willst du von Timo?«

Irenes Stimme klang aufgebrachter, als sie wollte. Der Mann mischte sich ein. Timo ging weder sie noch ihn an, aber ihn noch viel weniger.

Im Grunde ging nichts, das sie betraf, den Mann irgendetwas an. Sie wollte nicht, dass jemand sich um sie kümmerte. Die ersten Monate in Japan hatte das gut geklappt und sie war zurechtgekommen ohne die anderen Menschen, und die aus der Vergangenheit hatte sie ebenso wenig nötig gehabt wie die in der Ferne. Timo und Berlin und Carsten, Stephan, ein kleines Haus in einer kleinen Stadt, in der sie groß geworden war. Ein Kinderzimmer, das immer enger wurde, je mehr Irene wuchs, als würden sie einander den Platz wegnehmen. All das wucherte in ihrem Kopf zu einer wilden Collage aus Erinnerungen, ganz willkürlich aneinander festgeklebt, mit unsauberen Schnittlinien. Hier in Japan war alles geordnet gewesen, ehe der Mann aufgetaucht war. Die Zeit war nach vorn gelaufen wie auf einer ganz geraden Linie, die Tage hatten einander ähnlich gesehen, genau wie die Zimmer im Hotel und die Gäste, bis an dem Tag in Zimmer 1009 plötzlich jede Ordnung verloren gegangen war. Und mitten in der Unordnung dieses große, überwältigende Glück, als sie den Mann erkannte und er sie auch. Der Mann schwieg, als lausche er dem Durcheinander in ihrem Kopf, konzentriert, verwundert. Erst als die Erinnerungen wieder blasser wurden, begann er zu sprechen.

»Dass er dich nicht alleinlässt, vielleicht. Und du – was willst du eigentlich von Timo?«

Nebenan wurde gelacht, irgendwo fiel ein Glas zu Boden. Die Tischplatte klebte.

»Ich weiß es nicht. Ich will nichts von Timo. Ich will nichts von niemandem.«

»Willst du, dass er etwas von dir will?«

»Du stellst ziemlich komische Fragen.«

Irene hatte diesen Impuls schon lang nicht mehr gefühlt: Alles in ihr wollte fliehen, raus, die Jacke schnappen und fort von hier, egal, was alle dachten. Sie war nie wirklich weggelaufen. Ein paar Mal im Streit vielleicht, während einer kurzen Beziehung zu jemandem, der etwas zu laut und aufbrausend für sie war. Aber das war etwas anderes gewesen. Sie war sitzen geblieben, als sie im Hörsaal plötzlich diese unerklärliche Angst bekommen hatte, die vielleicht der Enge geschuldet war oder den Blicken der anderen Studierenden, die sie plötzlich in ihrem Genick gespürt hatte. Sie war sitzen geblieben, als ihre Mutter ihr Geschichten erzählt hatte, die sie nicht hören wollte, Geschichten aus der Klinik. Sie war sitzen geblieben, als Vanessa und Stephan Hand in Hand in ihr Lieblingscafé spaziert kamen und sich einfach an ihren Tisch setzten, ernsthaft erfreut, sie zu sehen, und gesagt hatten, dass sie gerade auch hierhergezogen wären, keine WG, nur sie beide und Vanessas Katze. Sie würde auch jetzt einfach sitzen bleiben. Das hier war noch nicht vorbei. Irenes Hände hielten sich am Stuhl fest, als wollten sie es ihr leichter machen, nicht zu fliehen.

»Ich will dir nichts Böses, Irene. Niemand will das. Timo schon gar nicht, übrigens.«

Da erst merkte sie, dass sie weinte. Hilflos saß sie da mit ihren nassen Wangen und hielt den Mann nicht auf, als er sie in die Arme nahm, ihren Nacken streichelte, als habe er gewusst, wie sehr sie das beruhigte, und durch die Kleidung hindurch spürte sie die Wärme seiner Haut, das Auf und Ab seines Atems, tief und langsam, und sie versuchte, genauso zu atmen wie er.

»Ich habe Timo nur gesagt, dass er morgen Post von dir bekommen wird«, flüsterte der Mann. Die Musik und die Gespräche der anderen waren ganz und gar verstummt, nur noch ein Rauschen im Hintergrund, wie das ferne Meer oder der eigene Puls. »Ein wenig verwirrt war er schon. Ich habe ihm gesagt, dass wir beide uns aus dem Hotel Kikka in Kyōto kennen und musste ziemlich viel erklären. Er ist ein bisschen umständlich, das gebe ich zu, aber ich denke, dass er ein wirklich guter Mensch ist. Ich habe gesagt, er soll den Briefkasten erst öffnen, wenn er alleine ist. Du ahnst sicher, weshalb, stimmt's?«

Irene schüttelte den Kopf. Er strich sich eine Strähne ihres Haars vom Gesicht und rieb sich die Nase, ehe er wieder zu flüstern begann.

»Er hat jetzt jemanden. Eine Frau, die zwei, drei Jahre älter ist als er, Diane heißt sie. Er hat ihr nichts von dir erzählt. Nicht wegen ihr, übrigens, sondern wegen sich selbst. Er spricht nicht mehr von dir, seit du weg bist. Das heißt nicht, dass er nicht an dich denkt. Aber das weißt du. Das weißt du doch, oder?«

Irene schluckte einen Gedanken hinunter, ehe sie ihn zu Ende denken konnte.

»Sie wohnt nicht bei ihm, aber sie besucht ihn oft. Sie hat seinen Schlüssel und kaum Geheimnisse vor ihm. Er vor ihr auch nicht. Außer dir, natürlich. Ich weiß auch nicht, ob er glücklich ist, aber ich bin sicher, dass du ihm fehlst. Es ist gut, dass er Post von dir bekommen wird, aber der Brief ist nur für ihn. Sie soll ihn nicht sehen. Er soll keine Schwierigkeiten bekommen und nichts erklären müssen. Denk an ihn, wie er den Brief liest, wie er den Briefkasten aufmacht und deine Schrift sieht, und sich freut. Wie aufgeregt er sein wird.«

Der Mann lächelte, das konnte Irene an seiner Stimme hören.

»Es geht mich nichts an, aber wäre es nicht schön, wenn er dir auch ein bisschen fehlen würde?«

Irene konnte nicht mehr antworten. Sie wollte Ja sagen, Ja, das wäre schön – aber sie war nicht sicher, ob sie das sagen wollte, weil es stimmte. Oder nur weil sie sich wünschte, es würde stimmen. Kurz strudelte sie ihre Gedanken hinab, und als sie wieder auftauchte, fingen auch die Musik und die Stimmen wieder an. Sie fühlte, wie der Mann die Lippen noch immer bewegte, gleich an ihrer Ohrmuschel, aber sie konnte ihn nun nicht mehr verstehen, es war einfach zu laut um sie herum.

»Was hast du gesagt?«, fragte sie.

»Nicht wichtig«, sagte er. »Komm, lass uns gehen. Du bist ja ganz durcheinander. Es tut mir leid, das wollte ich nicht. Ich zahle dir ein Taxi heim. Schlaf ein wenig.«

»Und du? Wo wohnst du überhaupt?«

»Ich? Aber das weißt du doch.«

Er setzte sie in den Wagen und schlug die Tür hinter ihr zu. Es regnete noch immer. Von ihrem blauen Regenmantel perlten die Tropfen und fingen sich in den Falten. Unter dem Stoff fing man sofort an zu schwitzen. Sie sah ihm nach, wie er ihr nachsah, und versuchte, sich Timo vorzustellen, oder Timos Briefkasten, oder Timos neue Freundin. Sie fragte sich, ob der Mann in jemanden verliebt war. Der Gedanke kam ihr seltsam abwegig vor. Mit den Fingerspitzen berührte sie das Regenwasser in einer Falte ihres Mantels.

»*Amega futteiru*«, sagte sie zu dem Taxifahrer, es regnet. Er lachte, gab eine ziemlich lange und höfliche Antwort, machte mit beiden Armen eine Geste, die irgendwie kreisrund aussah, lächelte sie an, nahm das Steuer wieder fest in die Hand, und dann war Irene auch schon zu Hause. Auf dem Flur hörte man bereits das Radio ihrer Vermieterin, das sich nun auch für sie wie ein Zuhause anhörte, dieses Murmeln durch die Wände hindurch. Sie nahm einen

Traubensaft aus dem Kühlschrank, setzte sich aufs Fensterbrett und sah den Regenschirmen zu, die auf der Straße spazieren gingen.

Im Haus gegenüber sah man eine Frau in der Küche werken. Aus einem Reiskocher stieg Dampf auf, als sie den Deckel öffnete. Die Fensterscheibe beschlug, dann schob die Frau sie einen Spaltbreit auf, und sofort wurde alles wieder sichtbar. Hinter einem anderen Fenster, ein Stockwerk tiefer und ein Stück weiter rechts, stand ein Junge und sah hinaus auf die Straße, das Kinn in die Hände gestützt wie jemand, dem der Kopf vom Warten auf eine andere Person schwer geworden war. Als sein Blick sich von der leeren Straße löste und Irenes traf, machte er eilig die Vorhänge zu. Sie erschrak mindestens genauso sehr, aber sie blieb auf ihrem Fensterbrett sitzen, den Rücken leicht an die Wand gelehnt, die Schulter an die Glasscheibe. Die Frau war aus der Küche verschwunden, nur ihre dunkelgraue Schürze hing ordentlich von einer Stuhllehne. Man konnte nicht in die anderen Zimmer sehen, aber Irene stellte sich vor, wie im Nebenraum jemand auf sie und ihren Reis wartete, ihr Mann oder vielleicht ihre Schwester, und wie die beiden sich bei Tisch etwas erzählten. »Wie war dein Tag?«, würde die Frau fragen, und die andere Person würde gar nicht mehr aufhören zu reden.

12. Berlin. Früher.

»Ich krieg's nicht hin«, hatte Irene am Telefon gesagt. Vor ihr auf dem Parkett lag ein Koffer, der bereits zu voll war, um ihn noch schließen zu können, und ein Stapel mit Kleidung, die unbedingt noch mit nach Japan musste. Irene hatte sich von den meisten ihrer Sachen getrennt. Es war ihr leichtgefallen, sie hatte gar nicht groß darüber nachgedacht. Es hingen kaum Erinnerungen daran. Sie fragte sich, was mit dem roten Kleid passiert war, das sie nach dem Abitur zum Abschlussball getragen hatte, der Stoff war fest und steif gewesen, es hatte ihr gefallen, ihren Körper darin zu spüren. Oder mit dem T-Shirt, das sie bei ihrem ersten Nebenjob im Kino anziehen musste und das nach Popcorn gerochen hatte, ganz leicht, egal wie häufig sie es gewaschen hatte. Sie konnte sich nicht erinnern, etwas davon weggegeben zu haben. Irgendwie waren diese Sachen wohl auf dem Weg in ihr Berliner Leben verloren gegangen.

Die letzten Möbel würden später am Tag noch abgeholt werden, die Schränke waren schon leer, das Sofa von der Wand gerückt, abgeklopft. Sie hatte einen ganzen Tag gebraucht, um alles sauber zu machen, einen Tag, der ihr fürs Packen gefehlt hatte. Und zwei Tage und endlose Telefongespräche, bis sie endlich jemanden gefunden hatte, der die Sachen geschenkt haben wollte. Nun gingen die Möbel an eines der sozialen Projekte, die sie angefragt hatte. Sie hatte schon wieder vergessen, welches genau.

Irene hatte es sich leichter vorgestellt. Alles. In dem Moment, als Timo angerufen hatte, war sie kurz davor, aufzugeben und das, was nicht mehr in den Koffer ging, an die Straße zu stellen oder in die Mülltonne zu werfen, und dann eben ohne Wintersachen und ein zweites Paar Schuhe fortzuziehen. Timo hatte eine Gabe, den richtigen Zeitpunkt zu erwischen. Er meldete sich nie zu spät, um ihr zu helfen, und nie zu früh, um vermisst zu werden. Wie gut er das konnte, wurde Irene allerdings erst später klar, als sie längst fort war.

Sie hatten vorher länger nicht miteinander gesprochen, er hatte zu tun, hatte er gesagt. Erst als sie wirklich jemanden brauchte, als sie ganz sicher war, allein nicht weiterzukommen, da meldete er sich. Nicht einmal eine halbe Stunde nach dem Anruf klingelte es an ihrer Tür.

Timo sah aus, als wolle er sich dafür entschuldigen, dass er helfen kam. Er hatte zwei Becher Kaffee dabei und lächelte verlegen. Irene beeilte sich, sich zu bedanken, und küsste ihn. Sie nahm sein Gesicht in beide Hände. Er hatte sich nicht rasiert, schon länger nicht. Irene gefiel das, sie mochte, wie sich die Stoppeln anfühlten. Es kam vor, dass er tagelang zu Hause arbeitete und sich darüber vollkommen vergaß. Er hatte etwas erzählt, bei ihrem letzten Treffen, von einem neuen Auftrag, sicher eine Übersetzung. So etwas musste manchmal sehr schnell gehen, dann arbeitete Timo durch, Tag und Nacht. Er trank literweise Kaffee und sonst nichts, aß, was immer im Kühlschrank zu finden war, und hing über seiner Tastatur und seinem elektronischen Wörterbuch. Er hatte mal versucht, ihr diese Maschine zu erklären. Sie konnte deutsch, englisch und japanisch, hatte eine Tastatur mit lateinischen Buchstaben, aber die drei japanischen Alphabete waren auch darin gespeichert, und man konnte nach Wörtern oder nach einzelnen Schriftzeichen suchen. Wenn man ein Schriftzeichen nachschlagen wollte, musste man die Anzahl der Striche zählen, mit denen es geschrieben wurde. Außerdem wurden die Zeichen nach Radikalen sortiert. Jedes Zeichen setzte sich aus verschiedenen solcher Radikalen zusammen, hatte Timo erklärt, und Radikale sind bestimmte Strichfolgen, die wie Elementarteilchen funktionieren.

»Welches Radikal zuerst geschrieben wird und wie viele Striche das Schriftzeichen hat, bestimmt also die Position im Wörterbuch,« hatte Timo mit seiner Erklärstimme gesagt, die ein bisschen tiefer und fester als seine normale Stimme war. Es kam Irene manchmal eher wie theoretische Mathematik vor, was er da machte, etwas sehr Rationales jedenfalls. Sie wollte ihn immer schon fragen, ob er schon einmal ein Gedicht übersetzt hatte, einfach, weil sie sich das so ganz und gar unmöglich vorstellte, aber sie hatte Angst vor seinen wunden Punkten. Timo war nicht der Richtige dafür, Verträge oder Zeugnisse oder Pressemitteilungen zu übersetzen. Aus ihm wäre ein toller Journalist geworden, fand Irene, vielleicht einer, der Bücher rezensiert oder Filme – weil er besser las und besser hinschaute als alle anderen Menschen, die sie kannte. Aber anscheinend war das Interesse an Japanologen in den Redaktionen nicht besonders groß und Timos Interesse, etwas anderes zu machen, auch nicht. Sie sprachen nicht viel über die Möglichkeiten, die sie beide hatten.

Nach solchen Arbeitstagen war er oft ein anderer Mensch, erleichtert, wacher und aufmerksamer als sonst. Er wollte dann nach draußen, wollte schmecken, riechen und sehen, die kleine Welt, die vorher an seinem Schreibtisch aufgehört hatte, wuchs und wuchs und fand nun außerhalb seiner Wohnung statt, sie lockte ihn nach draußen mit all ihren Kostbarkeiten, mit Koriander, Lippenstift, Erdbeeren, Minze, Weißwein und flatternden Kleidern. Die

Zeit nach solchen Arbeitstagen war die, über die er nicht mit Irene sprach. Er traf sich dann mit anderen, die offenbar Wert darauf legten, von ihm ausgeführt und in die große Welt mitgenommen zu werden, er traf sich mit solchen, die ihn nur frisch rasiert kannten und in dem Rausch, der sich nach getaner Arbeit einstellte, wenn man gern und verbissen arbeitete, so wie Timo. Es musste Frauen geben, die ihn nur zufrieden kannten. Solche sahen ihn selten. Irene fühlte sich ihm näher, wenn er anders war.

Er wirkte müde, wie er da in der Tür stand und die Schultern hängen ließ. Er roch nach Kaffee und ungewaschenem T-Shirt. Irene mochte diesen Geruch sehr. Es war kein besonders schöner Duft, aber er erinnerte sie an irgendetwas Wohliges, Angenehmes. Sie fühlte sich zu Hause darin. Sie umarmte ihn, sog den Geruch seines Shirts und der Haut darunter tief ein. Als sein Blick auf den Koffer fiel, lachte er, und seine Augen sahen plötzlich ganz munter aus.

»Darf ich?«, fragte er und begann, noch ehe sie überhaupt antworten konnte, den Koffer wieder leer zu räumen. Irene stand erst im Türrahmen, dann am Fenster, dann kniete sie sich neben ihn, und als ihr gar kein besserer Platz mehr einfiel, stand sie wieder auf und setzte sich aufs Fensterbrett, die Beine übereinandergeschlagen, die Hände aufgestützt. Die Sonne wärmte ihr den Rücken. Sie hätte nie gedacht, dass Timo so gut Pullover falten konnte. Ab und zu stand er auf, streckte sich, ging zu Irene und küsste sie. Bald war alles fertig gepackt, nichts war mehr übrig. Sie musste sich auf den Koffer setzen, damit der Deckel schloss, aber es ging, der Reißverschluss ratschte zu. Irene wusste, dass sie ihn in Deutschland nicht mehr öffnen würde, aber sie dachte nicht einen Moment daran, was das bedeutete. Gemeinsam zurrten sie einen Kunststoffgurt um den Koffer. Es fühlte sich nicht an, als käme der Abschied näher. Irene fühlte nicht, wie um sie beide herum die Zeit verstrich.

Sie nahm ihn in die Arme, streichelte über sein Gesicht, noch mal und noch mal. Die Bartstoppeln waren schon weich. Sie küsste diese eine Stelle in seinem Gesicht, die sie besonders gern hatte. Sie hatte keinen bestimmten Namen, Irene nannte sie »Niemandsland«, aber sie wusste, dass das Wort die Stelle nicht angemessen bezeichnete. Denn eigentlich war es kein Niemandsland, sondern Irenes Land. Sie hatte es entdeckt und besetzt, ohne dass es jemand auch nur gemerkt hätte. Vielleicht sagte man in Wahrheit ganz einfach »Schläfe« dazu. Das Niemandsland lag direkt neben seinem linken Augenwinkel, sodass er die Lider schließen und sie sich auf die Zehenspitzen stellen musste, wenn sie ihn dort küsste. Die Stelle hatte im letzten Jahr Falten bekommen, ganz ohne Vorwarnung waren sie auf einmal dagewesen. Sie zeigten sich, wenn er lachte.

»Danke«, sagte Irene, »du hast mich gerettet.« Und sie hoffte, er begriff, wie ernst das gemeint war.

13. Kyōto. Heute.

雨

Irene konnte sich nicht losreißen aus dem Schlaf, zumindest nicht ganz. Ihr Körper wollte nicht wach werden. Sie spürte den Baumwollstoff ihres T-Shirts auf der Haut, die Bettwäsche roch nach Waschmittel, ein leiser, sauberer Duft. Unter den geschlossenen Lidern erahnte sie einen verhangenen Tag: Kein Licht drang zu ihr durch. Dabei musste es doch schon Morgen sein. Sie hatte keinen Wecker gestellt, weil sie nicht geweckt zu werden brauchte. Sie wachte immer um die gleiche Uhrzeit auf an ihren freien Tagen, zwischen viertel nach neun und viertel vor zehn. Irene lag reglos und hoffte, dass die Zeit auch wirklich weiterging, auch wenn es dafür keinerlei Anzeichen gab. Sie lauschte. Der Regen war vollkommen still geworden. In den vergangenen Tagen hatte sie jedes Auto gehört, das unter ihrem Fenster vorbeifuhr: das Geräusch, wie die Reifen das Wasser aufwirbelten, das sich an den Straßenrändern gesammelt hatte, sodass es hoch und zischend aufspritzte. Waren die Autos vorbeigefahren, hörte sie die Regentropfen wieder ans Fenster klopfen, als würden sie ganz zaghaft um Einlass bitten. Jetzt war nichts von alldem zu hören. Über der Heizung lagen ihre Jeans, die Hosenbeine waren am Abend nass geworden, der Geruch des klammen Stoffes hatte sich über Nacht im ganzen Zimmer verteilt. Plötzlich spürte sie mitten in der Stille etwas auf ihren Fingerspitzen, das gar nicht da war.

Die Erinnerung an Timo kam nicht einfach über sie, wie man auf einmal eine Idee hat oder wie ein Gedanke Form annimmt, der zuvor nur ganz verschwommen im Hinterkopf war. Es war ihr Körper, der sich erinnerte, einen langen Augenblick bevor ihr selbst einfiel, woran. Ihre Fingerspitzen fühlten plötzlich wieder Timos Stoppelbart, so, wie er sich an ihrem letzten Tag in Berlin angefühlt hatte. Ganz ohne Warnung. Als habe sie ihn eben erst berührt. Im Halbschlaf bekam sie ihre Gedanken nicht in den Griff, erst ganz allmählich sickerte die Gegenwart in sie hinein. Timo war nicht in der Gegenwart. Sie hatte keine Ahnung mehr, wo er war. Sie rieb die Fingerspitzen aneinander, aber das Gefühl ließ sich nicht fortwischen, es kribbelte über ihre Haut, und Irene war beinah froh, dass es ihr noch ein wenig blieb, dieses weiche, borstige Bartstoppelstreichelgefühl. All ihre Erinnerungen fanden in diesem Moment in den Fingerspitzen statt, der Rest ihres Körpers blieb von der Vergangenheit verschont. Dieselben Fingerspitzen tauchten nun unter ihre Bettdecke, schlichen sich ins Warme. Sie streichelten über ihren Bauch und verkrochen sich unter den Gummizug ihrer Schlafhose, strichen über das Haar zwischen ihren Beinen, strichen es auseinander und über die feuchte, erhitzte Haut darunter. Ihre Hand wusste sehr genau, was sie zu tun hatte, wie sie sie anzufassen hatte. Sie bewegte sich hastig und fest, so, dass es ein wenig wehtat, aber nicht zu sehr, während Irene an nichts dachte, nicht an Timo, nicht an den Mann aus Zimmer 1009, nicht an einen anderen Menschen. Sie stellte sich nichts vor, während ihre Hand schneller und immer drängender wurde, es funktionierte auch so, es funktionierte auch ohne das Fantasieren über irgendeinen anderen. Wenn sie sich nichts ausmalen musste, dauerte es auch nicht lang. Sie drehte sich auf den Bauch und hob das Becken, das Gesicht ins Kissen gedrückt. Ihre Muskeln zuckten und zogen sich zusammen, fest, fest, immer wieder, der Atem, zuvor noch schwer und tief, setzte einen Moment lang aus, dann sank ihr Körper in sich zusammen. Ohne dass sie etwas dagegen tun konnte, tauchte Hitomis Gesicht in ihren Gedanken auf, nur ganz kurz, wie von einem Stroboskop beleuchtet, aber sie konnte den ernsten, beinah strengen Blick genau erkennen. Sie zog ihre Hand wieder hervor, viel zu früh, um die Schwerelosigkeit und das kurze leere Glück nach dem Höhepunkt richtig auszukosten, drehte ihren Kopf zur Seite und legte die Hand daneben ab.

Als sie die Augen öffnete, war es dunkel im Raum. Durch die weißen Gardinen fiel immer etwas Licht, aber das kam nur von einer Straßenlaterne oder einer Leuchtreklame, zu schwach jedenfalls, um mehr als die Umrisse der Möbel zu erkennen. Außen an der Schranktür hing ihre einzige Bluse ordentlich auf einem Bügel. Der Torso aus Baumwolle und Luft hätte ihr früher Angst bereitet, mittlerweile wohnte sie schon viel zu lange allein, als dass ihr die kleinen Schrecken der Dunkelheit noch etwas hätten anhaben können; sie hatten sich einfach aneinander gewöhnt, die Blusengespenster und sie.

Die Uhr auf ihrem Handy zeigte die Ziffern 04:12. Auf dem Nachttisch lag »Die andere Seite des Mondes«. Sie hatte das Buch schon seit Tagen nicht geöffnet und wusste immer noch nicht so recht, worum es in den Essays ging, außer irgendwie um Japan. Und das Gefühl, das Timos Bart in ihren Fingerspitzen hinterlassen hatte, war auch nicht mehr da. Sie versuchte sich daran zu erinnern, aber es war vergebens. Die Erinnerung an Timo entglitt ihr, wie einem ein Traum entgleitet, von dem man im einen Augenblick sicher ist, ihn nie wieder zu vergessen, im nächsten Moment ist nur noch ein vages Gefühl davon übrig, und ehe man dem Gefühl nachspüren kann, ist auch das verschwunden. Es war, als liefen die Erinnerungen vor ihr weg, immer einen Schritt voraus, immer schon um die nächste Ecke verschwunden.

Irene beschloss, nicht weiterschlafen zu können und ging ins Bad, wusch sich erst die Hände, dann ihr Gesicht. Etwas ratlos stand sie vor dem Spiegel. Es war schwer genug, die freien Tage zu füllen, wenn sie ausschlief. Nun hatte sie noch mehr Stunden mit Wachsein zu verbringen.

Sie zog sich an, und während die Kaffeekanne auf dem Herd stand, bürstete sie ihr Haar und trug eine Creme auf. In den Drogerien, die sie kannte, lief immer ein wenig zu laute Musik, was sie als einzige zu stören schien, und die Vielfalt der Produkte überforderte sie noch immer. So griff sie meist nach dem ersten, das nicht völlig abwegig aussah; die Creme war in einem weißen Plastiktiegel mit blauer Aufschrift und duftete nach nichts Bestimmtem, eher so, wie ein Mensch duftet, der sich oft wäscht und Wert auf einen schönen Körper legt. Irene war sehr zufrieden mit ihrem Kauf. Mit der Kaffeetasse zog sie sich auf die Fensterbank zurück. Sie benutzte ihren Esstisch so gut wie nie. Das taten wahrscheinlich die wenigsten Menschen, die allein wohnten. Irene fiel es schon gar nicht mehr ein, sich an den Tisch zu setzen. Auf dem Stuhl stapelte sich gewaschene Wäsche, die sie noch nicht in den Kleiderschrank geräumt hatte, und auf dem Tisch lag die Süddeutsche Zeitung, die sie entgegen ihrer Gewohnheiten an einem der letzten Tage aus einem Zimmer mitgenommen hatte, nachdem der Gast ausgecheckt hatte. Ihre Arme hatten sich einfach geweigert, die Zeitung in den Abfallkorb zu wischen. Sie hatte sie trotzdem nicht einmal aufgeschlagen, und der Gast auch nicht, dafür sah sie viel zu ordentlich aus. Schon die Überschriften auf der Titelseite hatten ihr nichts zu sagen gehabt. Überhaupt interessierten sie die Nachrichten aus Deutschland nicht, und von denen aus Japan bekam sie kaum etwas mit.

Vom Fensterbrett aus sah sie auf die leere Straße. Wie aufgeräumt sah sie aus. Das Licht der Straßenlaterne war gelblich, um sie herum verschwamm alles im Dunkel. Nur hinter einem Fenster brannte noch Licht; die anthrazitfarbene Gardine war verschlossen. Es dauerte, bis sie begriff, dass der Regen tatsächlich nicht mehr da war, und im selben Augenblick packte sie die Lust, die Wohnung zu verlassen und spazieren zu gehen. Ihre Beine wurden ganz aufgeregt, drängten sie zum Aufbruch. Zu lange war sie nicht mehr durch die Stadt gelaufen, von den kurzen Wegen zur U-Bahn oder der Fluchten in die Taxis, die der Mann ihr herbeigewunken hatte, einmal abgesehen. Wie lange hatte es nun geregnet? Sie kam nicht darauf, konnte sich an keinen trockenen Tag erinnern. Es konnte unmöglich so lange gewesen sein.

Ihr fiel nur ein Ort ein, zu dem sie gehen mochte: Gion. In Kyōtos altem Vergnügungsviertel würde sich niemand über eine Spaziergängerin um solch eine unwahrscheinliche Uhrzeit wundern, vielleicht waren hier sogar noch Leute unterwegs. Vergnügen bedeutete schließlich für jeden etwas anderes. Sie packte eine Flasche Traubensaft in ihre Umhängetasche, Timos Buch ebenfalls, zog die bequemsten Schuhe an, die sie hatte, und schlich die Treppe hinab, denn ihre Vermieterin war schon alt, und alte Leute haben oft einen leichten Schlaf.

14. Kyōto. Heute.

雨

Noch auf halbem Weg erwachte die Stadt. Es war tatsächlich trocken geblieben, aber sie trug dennoch die Regenjacke und hatte die Kapuze über den Kopf gezogen, einfach, weil es sich gut anfühlte, und auch, weil es noch kühl war von der Nacht. Außerdem konnte man nie wissen, ob der Regen nicht doch wiederkommen würde.

Die ersten Radfahrer waren unterwegs zur Arbeit. An den Bushaltestellen versammelten sich Leute in Anzügen oder steifen Bleistiftröcken. Manche sahen von ihren Mangas oder ihren Smartphones auf, wenn Irene an ihnen vorbeiging, die meisten lasen jedoch weiter, oder sie blickten ins Leere, müde und abwesend. Das kam ihr ganz gelegen. Sie achtete ihrerseits ja auch nicht besonders auf die Menschen, die außer ihr schon auf den Beinen waren. Irene fühlte sich in ihrer blauen Jacke wie in einem Tarnanzug. Oder so, als wäre sie durchsichtig.

Ihr fehlte all das, was bei den anderen Zugehörigkeit ausdrückte: die Arbeitskleidung, die Geschäftigkeit, das Wissen, wie der Tag verlaufen würde. Alle außer ihr wirkten, als hätten sie heute noch etwas vor, und zwar genau dasselbe wie gestern. Irene dagegen wollte nichts von diesem Tag, außer dass er irgendwie verging, und der Tag wollte nichts von ihr. Das unterschied sie wohl von den Wartenden, und es machte sie zu einer von denen, die man nicht weiter wahrnahm, wenn sie einem begegneten. Irene stellte sich vor, wie es wäre, wenn sie von einem Privatdetektiv gesucht würde. »Haben Sie diese Frau gesehen?«, würde er in perfektem Japanisch die Menschen von der Bushaltestelle fragen und ihnen dazu ein aktuelles, gestochen scharfes Foto von ihr im blauen Regenmantel zeigen. Als Antwort bekäme er nur Schulterzucken und höfliche Entschuldigungen, wenn überhaupt.

Wenn sie selbst einen geschäftigen Tag hatte, war das anders. Wenn sie aufrecht und zügig durch die Straßen ging, spürte sie Blicke, die ihr folgten und aus denen sie nie ganz schlau wurde. Vielleicht sahen manche von ihnen eine junge Frau, die relativ hübsch und etwas verloren war, andere dachten bestimmt, sie sei bloß eine Touristin auf dem Weg von einem Tempel zum nächsten. Sie konnten ja nicht ahnen, dass sie nicht in dem Hotel im Bahnhof wohnte, sondern dort bloß die Zimmer herrichtete. Hatte sie ihre Schicht beendet, war aus der Arbeitskleidung gestiegen und unterwegs in die Stadt, unterschied sie sich nicht länger von denen, deren Betten sie gerade frisch bezogen hatte.

Sie hatte vorgehabt, durch die Nishiki-Markthalle zu gehen. Nicht, weil sie etwas von dort brauchte oder sich umsehen wollte, sondern weil das der kürzeste Weg nach Gion war. Aber der Durchgang war noch für Fußgänger gesperrt. Die meisten Stände wurden gerade aufgebaut. Es roch nach fremdem Essen, das immer fremd bleiben würde. Gewürze, säuerlich eingelegtes Gemüse, alles vermischte sich zu einem einzigen Duft, dem Nishikimarkthallenduft, den Irene sonst noch nirgends gerochen hatte, auch hier in Japan nicht. Der Duft brachte ihr Erinnerungen an die Zeit wieder, als sie gerade nach Kyōto gekommen war. In den ersten Wochen war sie oft hierhergekommen und hatte mehr bestaunt als gekostet: lebende und tote Fische, Meeresfrüchte, Krebse, Oktopusse in allen Größen. Tees und

Gewürze. Sie hatte die dickbauchigen Holzfässer gesehen, die bis zum Rand mit *tsukemono*, eingelegtem Gemüse in den unwahrscheinlichsten Farben, gefüllt waren. Als würden die Fässer nie leer werden, immervolle Zauberfässer, dabei wurde hier sehr viel *tsukemono* gekauft. Dazu gab es Souvenirläden und einige Verkäufer boten Schmuck oder Kunsthandwerk an. Und natürlich gab es Stände mit Sushi oder Reisklößen. Mittlerweile ging sie kaum noch hier vorbei, jetzt wusste sie wieder, weshalb. Es war einfach ein bisschen zu viel von allem, noch dazu auf viel zu wenig Raum.

Irene fühlte keinen Hunger, aber ihr Bauch teilte ihr mit einem Knurren mit, dass sie noch nichts gegessen hatte. Sie stand einem Mann im Weg, der gerade ein Fass auf einem Wagen hineinschieben wollte. Er sah sie ärgerlich an. Sie wollte sich entschuldigen, *gomen nasai*, sagte sie leise, aber der Mann blieb stumm. Vielleicht hatte er sie nicht verstanden. Hastig lief sie in die andere Richtung.

Als sie den Fluss in Richtung Gion überquerte, merkte sie erst, wie weit sie schon gelaufen war. Die Beine fühlten sich mit jedem Schritt schwerer an. Sie musste sich jetzt ganz aufs Gehen konzentrieren. Zu laufen, ohne groß darüber nachzudenken und die Gedanken einfach fortfliegen zu lassen, war nicht mehr möglich. Mittlerweile stand die Sonne am Himmel, die Schatten waren noch immer lang, aber die Straßen waren schon fast vom Regen getrocknet und auch die Hitze stieg wieder aus dem Boden auf. Zuerst zog sie die Kapuze vom Kopf, schließlich verstaute sie die Regenjacke in der Tasche. Auf dem Heimweg würde sie die U-Bahn und den Bus nehmen müssen. Ihr wurde klar, dass sie hier in Gion kein richtiges Ziel hatte, keinen Punkt, von dem sie sicher sein könnte, dass der Spaziergang dort enden würde, und so beschloss sie, einfach jetzt einen auszusuchen: den Tempel, bei dem sie nachts mit dem Mann aus Zimmer 1009 gesessen hatte, dort, wo der Fisch lebte, der angeblich ein Gesicht wie ein Mensch hatte. Es kam ihr jetzt vor, als sei das sehr lange her.

Es zog sie ganz unvermittelt ans Wasser. Wenigstens den Tempelgraben wollte sie heute sehen, wenn schon das Meer so weit war. Ganz in der Nähe floss der Kamogawa mitten durch Kyōto hindurch, aber der Graben schien ihr der bessere Ort, um allein mit dem Wasser zu sein. Als hätte es nicht schon genug geregnet, dachte Irene, als wäre das nicht schon längst genug Wasser für das ganze Jahr gewesen. Woher die Sehnsucht nach dem Wasser kam, war ihr ein Rätsel, aber es war ihr ganz recht, einen so leicht zu erfüllenden Wunsch zu haben.

Gion war nicht besonders groß. Kaum hatte sie den Entschluss gefasst, lief sie schon die Straße hinab, die zum Kabukitheater und schließlich zu der Tempelanlage führen würde. Die Restaurants hatten noch nicht geöffnet, hier durften auch keine Autos fahren, und es war schwer vorzustellen, dass in den alten Holzhäusern auch ganz normale Menschen ganz normal wohnen könnten. So wunderte Irene sich nicht, dass sie plötzlich doch ganz allein war. Sie lauschte ihren Schritten auf den Pflastersteinen. Das Laufen wurde immer schwerer. Das Ende der Straße schien nicht näherzukommen; bis hierher war der Weg ganz einfach gewesen, jetzt kam er ihr vor, als würde er nicht kürzer, sondern länger. Auf einem Zaunpfahl saß ein Rabe und neigte den Kopf. Erst als Irene nur noch eine Armlänge von ihm entfernt war, breitete er die Flügel aus und flog davon. Beim Tempel angekommen, hatte Irene den Fisch mit dem Menschengesicht schon vergessen. Die Müdigkeit war immer drängender geworden, ihre Beine zwangen sie zum Anhalten. Sie ließ sich auf eine Bank unter einem Ahornbaum sinken und dachte an nichts weiter: Die Hände in ihrem Schoß abgelegt, schaute sie ganz geradeaus in die Ferne, am Tempel und an dem Graben vorbei.

Mitten aus diesem Nichts heraus kam die Erinnerung an Cora. Irene hatte schon lange nicht mehr an sie gedacht. Seit sie hier in Japan war ganz sicher nicht, und auch in den Jahren in Berlin war Cora nicht mehr gewesen als ein Schemen, der sie dann und wann noch besuchte, aber dieser Schemen war nie so eindrücklich, so fordernd gewesen wie jetzt. Jetzt war das Bild, das sie von Cora hatte, wieder ganz deutlich, fast überdeutlich. Sie sah ihr Gesicht, mit einem Lächeln, wie es nur Cora lächeln konnte, kaum sichtbar; das Lächeln von einer, die mehr weiß, als sie je preisgeben würde, die niemals ein ganzes Lachen an jemand anderen verschwenden würde. Cora, deren rote Haare sich einfach nicht bändigen lassen wollten, Cora, die geheimnisvolle, tolle, einzigartige und einzige Freundin.

In Cora ruhte Irenes ganze Vergangenheit, die Schulzeit in der kleinen Stadt. Die Nächte, in denen sie bei ihr schlief, weil Irenes Mutter wieder eine ihrer Phasen hatte, in denen die Traurigkeit alles um sie herum verschluckte, auch Irene. Cora und Irene auf dem kleinen Bett, das »Schläfst du schon?«-Spiel, das immer so lange ging, bis einer von ihnen die Augen zufielen. Weil man manches nur in der Nacht erzählen konnte, wenn es vollkommen dunkel war. Coras Zimmer war wie gemacht gewesen für dieses Spiel. Es lag zum Garten hinaus, in der Nacht fiel kein Licht herein, die Wände waren dick und uralt. Ein Fachwerkhaus, verwinkelt und ein wenig schief, mit Alkoven, engen Treppen, einem spitzen Dachboden und Fensterläden. Es roch in Coras Zimmer ein wenig nach altem Holz und alten Polstern. Ein Geheimniszimmer, ein Erzählzimmer.

Coras Bett war gerade klein genug, dass ihre und Irenes Ellbögen sich berührten. Sie lagen immer beide auf dem

Rücken und flüsterten die Worte mehr in den Raum hinein als zu der anderen. Einmal drehte Irene sich zu ihr hin und legte den Arm auf Coras Bauch, sie taten beide so, als würden sie das gar nicht bemerken. Die Haut unter dem Baumwollstoff von Coras Schlafshirt war bettwarm, ganz in der Nähe schlug ihr Herz, die größte vorstellbare Nähe.

Mit keinem Menschen hatte Irene so viel gesprochen wie mit Cora, und ihre plötzliche Abwesenheit war zugleich ein Verstummen. Das war kurz vor dem Abitur gewesen, als nur noch die mündlichen Prüfungen anstanden und kein regulärer Unterricht mehr stattfand. Irene wusste, dass sie nach Berlin gehen würde und sprach manchmal davon, wie sie sich ihre erste eigene Wohnung vorstellte; Cora behielt ihre Pläne ganz für sich. Wenn Irene danach fragte, wechselte sie das Thema oder tat so, als wüsste sie nicht, was sie machen wollte, wenn die Schule vorbei war. Zuerst rief sie nicht mehr an, dann ging sie nicht mehr ans Telefon. Irene klingelte an der Tür. Coras Gesicht war ganz hart geworden, sie wich zurück, ließ sich etwas einfallen, um Irene nicht hineinbitten zu müssen. Beim nächsten Mal erneut. Das war jetzt ein anderes Spiel, das nur nach Coras Regeln funktionierte.

Die Umzugskisten packte Irene allein. Als sie sich verabschieden wollte, stand bloß Coras Vater in der Tür. Ob sie denn nicht wisse, dass seine Tochter am letzten Wochenende nach Passau gezogen sei. Er sagte tatsächlich »meine Tochter«, so förmlich, als spräche er mit einer Fremden. Irene dachte damals, sie hätte alles begriffen. Freundschaften verändern sich eben, so, wie sich Pläne ändern und man plötzlich ein Leben will, in dem die Vergangenheit keinen Platz hat. Sie hatte einfach nicht gemerkt, dass sie Coras Vergangenheit war, Coras Schulzeit, und dass Cora jetzt lieber an ihre Zukunft dachte. Cora hingegen war immer Irenes Gegenwart gewesen. Irene war nicht wütend, nicht einmal besonders traurig, eher war sie stutzig. Sie redete sich ein, sie habe das alles schon lange kommen sehen und dass sie in Wahrheit ja auch viel mehr Lust hatte, sich in ihr neues Leben zu stürzen, das da in der fernen großen Stadt auf seinen Anfang wartete. Erst nach und nach wurde Coras Fehlen spürbar.

Jetzt, in Kyōto, hier unter dem Baum, fühlte sie es wieder. Vielleicht hatte sie es nie so sehr gefühlt wie jetzt, und vielleicht war das gar nicht Cora, die ihr fehlte, sondern einfach irgendjemand, mit dem oder der sie in der Nacht flüstern konnte. Neben ihr auf der Bank saß etwas Dunkles, Schweres, Unsichtbares; eine Lücke zwischen ihr und der Welt, ein Spalt, ein Schlund, ein Schatten.

15. Kyōto. Heute.

雨

In den Wochen nach dem Regen arbeitete Irene beinahe jeden Tag im Hotel Kikka und lief danach zu Fuß nach Hause. Als ihre Beine anfingen, den Weg ganz von allein zu finden, machte sie Umwege, nahm mal eine Parallelstraße, mal fuhr sie ein paar Stationen mit dem Bus, um einen anderen Ausgangspunkt für ihre Spaziergänge zu haben. Natürlich war sie erschöpft nach dem Saubermachen und Staubsaugen und Gästegrüßen, aber das Laufen machte ihr nichts aus, im Gegenteil.

Zwei- oder dreimal in der Woche hielt sie nach den Spätschichten auf dem Weg irgendwo an, um *ramen* zu essen. Dann saß sie neben lauter anderen Angestellten auf einer Bank und beugte sich tief in die Suppenschüssel, wo sie all die anderen Menschen nicht sehen konnte. So fühlte sie sich angenehm ungestört. Sie mochte es eigentlich nicht besonders, allein in ein Lokal zu gehen. Sie kam sich dabei immer beobachtet vor, als würde sie gegen die Regeln verstoßen, die ein solcher Ort vorgab, gegen die geheimen Codes des Beisammenseins. Aber selbst kochen mochte sie noch weniger, außerdem war *ramen* billig und schmeckte gut. Noch dazu war es hier ganz normal, ohne Begleitung aufzutauchen. Mit der Zeit fühlte sie sich immer wohler in den Nudelsuppenrestaurants, und es machte ihr fast ein wenig Spaß, ständig neue zu entdecken. Manche lagen im Souterrain und waren nur über eine enge, steile Treppe begehbar. Andere waren so großzügig geschnitten und so hell beleuchtet, dass Irene sich gleich wieder wie in der Bahnhofshalle oder der Lobby des Hotels fühlte. Sie mochte die engen und düsteren ein wenig lieber.

Die Legende, dass man die Nudelsuppe unbedingt schlürfen muss, um sich in Japan nicht ganz und gar unmöglich zu machen, stimmte nicht, auch wenn die meisten anderen Gäste tatsächlich laute Geräusche beim Essen machten. Irene aß lieber leise, und niemand schien sich darum zu scheren. Sie musste sich sehr konzentrieren, um die Suppe ordentlich zu essen. Sie fragte sich manchmal, wie sie die Suppe bloß essen sollte, wenn sie alt geworden war und ihre Finger zu zittern begonnen hatten. Ihr blieb zum Glück viel Zeit zum Üben. Sie konnte sich gar nicht vorstellen, einmal so alt zu sein. Sie fürchtete sich nicht davor, es gelang ihr nur nicht, das Bild von einer greisen, grauhaarigen Frau mit ihrem eigenen Leben in Verbindung zu bringen. Es kam ihr sogar richtig absurd vor, als habe das eine mit dem anderen rein gar nichts zu tun. Sie hatte aber auch sonst das Gefühl, sich in den letzten Jahren kein bisschen verändert zu haben, ohne dass sie etwas dafür hätte tun müssen. Ihre Haut sah aus wie immer, ebenso ihre Haare, sie hatte weder Gewicht verloren noch zugenommen und ungefähr denselben Kleidungsstil behalten. Sie war etwas kurzsichtig, aber sie glaubte nicht, dass ihre Sehkraft über die Jahre abgenommen hatte. Während ihre Finger eifrig damit beschäftigt waren, Nudeln und Gemüse in ihrem Mund verschwinden zu lassen, dachte sie über das Älterwerden nach und kam zu keinem Ergebnis.

Ein paar Kleinigkeiten brachten sie beim Essen in Verlegenheit. Das halbe hart gekochte Ei, das oft als Beilage in der Suppe schwamm, zum Beispiel. Es war nicht möglich, es unauffällig zu essen. Ihre Stäbchen bekamen es einfach nicht zu fassen, egal wie geschickt ihre Finger sein wollten, das halbe Ei glitt immer zurück in die Suppe. Wenn sie Pech hatte, fiel es so in die Schüssel, dass die Brühe auf den Tisch spritzte. Das wirkte bestimmt lächerlich, und weil sie Eier ohnehin nicht mochte, beschloss sie, darauf in Zukunft zu verzichten. Sie hatte sich von Toshio einen Satz übersetzen lassen: »Ich bin allergisch gegen Eier.« Dieser Satz stand in japanischen und lateinischen Buchstaben auf einem Zettel, der von Hosentasche zu Hosentasche gewandert war und an den Rändern schon die Farbe ihrer Jeans angenommen hatte. Irene betrachtete das als großen Fortschritt in ihrem Vorhaben, in Japan zu Hause zu werden. Sie war jetzt auf so ziemlich alles vorbereitet. Sie konnte mit Stäbchen essen, und was sie nicht essen konnte, dagegen konnte sie ohne Schwierigkeiten allergisch werden, die Zauberformel aus ihrer Hosentasche reichte vollkommen aus.

Sie schenkte Toshio zum Dank eine kleine Schachtel Schweizer Pralinen, die sie in einem Kaufhaus entdeckt hatte. Toshio stellte seitdem Fragen darüber, wie die Häuser in der Schweiz aussehen, wie lange man in der Schweiz in die Schule geht, ob man in der Schweiz Weihnachten feiert, ob sie Berge vermisst und ob sie sterben würde, würde sie ein Ei essen. Irene war nicht gut darin, Gerüchte aus der Welt zu schaffen, und gab einfach die gleichen einsilbigen Antworten wie sonst.

War sie nach den Ausflügen daheim angekommen, schloss sie den Briefkasten auf, fand ihn leer und hörte in ihrer Wohnung der Nachbarin beim Radiohören zu, bis sie ins Bett ging, Timos Buch gewissenhaft auf dem Nachttisch abgelegt, selten aufgeschlagen und nie gelesen.

Außer mit Toshio hatte sie mit niemandem gesprochen. Sie hatte nach Hitomi Ausschau gehalten, aber ihre Arbeitszeiten schienen sich nicht länger zu überschneiden. Vielleicht hatte Hitomi gekündigt. Es war eben keine Arbeit, die man für immer macht. Der Mann war ihr nicht wieder begegnet, und Timo hatte sich schon lange nicht gemeldet. Als würde es sie alle gar nicht geben, als hätten sie nur in ihrer Vorstellung existiert, so schnell und so plötzlich waren alle wieder aus ihrem Leben verschwunden. So plötzlich wie der Regen, der, kaum dass er aufgehört hatte, nur noch schwer vorstellbar war. Irene machte das nicht viel aus, sie bekam selten Langeweile. Manchmal dachte sie über den Mann aus Zimmer 1009 nach. Es fiel ihr immer schwerer, sich an sein Gesicht zu erinnern; nur seine Stimme war ihr noch ganz gegenwärtig, diese ruhige, warme Stimme, die erzählen konnte als wisse sie über alles Bescheid, als bliebe dem Mann kein Geheimnis verborgen.

Sie hatte Sorgen, bis zum Herbst könnte sie ihre japanischen Vokabeln schon ganz vergessen haben, wenn sie sie weiterhin so selten benutzte. Immerhin konnte sie jetzt eine Suppe ohne Ei bestellen, aber viele andere Wörter fielen ihr schon nicht mehr ein. Es kam ihr vor, als würde sie überhaupt nur die unwichtigsten behalten.

Hin und wieder schrieb sie die Zeichen, die sie schon kannte, nacheinander auf ein Blatt Papier, ohne Zusammenhang, einfach so, wie sie ihr gerade in den Sinn kamen. Nach den Schreibübungen sah sie die Zeichen an und versuchte, sie zu einer sinnvollen Geschichte zusammenzusetzen, um sie sich besser merken zu können: Regen links hundert Mitte Buch. 雨左百中本. Ich gehe im Regen hundert Schritte nach links, um in der Mitte ein Buch zu lesen. Das linke Buch hat hundert Seiten. In der Mitte fängt es zu regnen an. Bücherregen Hundertmitte. Das Zeichen für Buch bedeutete auch Wahrheit, China war das Land der Mitte: *chūgoku*, 中国. Schrieb man die Zeichen für Regen und Sonne nacheinander und verband sie mit einer Hiragana-Silbe, wurde daraus ein Regentag: *ame no hi*, 雨の日. Schrieb man die Zeichen für Regen und Wind nacheinander, wurden daraus Schwierigkeiten: *amekaze*, 雨風. So wuchsen aus den wenigen Zeichen immer neue Wörter und noch mehr Vokabeln, die sie sich einprägen wollte. Irene fragte sich, wie Timo es wohl geschafft hatte, diese Sprache fast nur aus Büchern zu lernen. Sie scheiterte schon an den meisten Zeitungsmeldungen und verlor schnell die Lust am Lernen, wenn die Zeichen wieder einmal keinen Sinn ergeben wollten.

Der Sommer war schon weit fortgeschritten. Bald würde sie die ganzen Regenzeichen nicht mehr brauchen. Als nächstes wollte sie die Winterzeichen wiederholen, die sie im Lauf der letzten Monate wieder vergessen hatte: das Zeichen für Schnee, das Zeichen für kalt und das Zeichen für dunkel.

16. Kyōto. Heute.

雨

Das Hotel Kikka hatte über fünfhundertdreißig Gästezimmer, fünfzehn Stockwerke, verschiedene Bars und Restaurants und einen Ballsaal, den Irene noch nie von innen gesehen hatte. Dort wurde hauptsächlich geheiratet. Für Konferenzen gab es mehrere Räume in unterschiedlichen Größen. Einer davon brachte mehr Menschen unter als ein Saal im Multiplex-Kino, der kleinste erinnerte Irene an ein Klassenzimmer in der Grundschule, die sie besucht hatte; die Stühle waren natürlich größer als dort, aber die Pulte hatten in etwa das gleiche Format. Manchmal stand die Tür offen und Irene konnte einen Blick auf die arbeitsamen Männer und Frauen erhaschen, die hier in ihre aufgeklappten Laptops schauen. Irene fragte sich, ob beim Bau des Hotels von Anfang an bedacht worden war, wie irrsinnig viele Steckdosen, Internetanschlüsse und WLAN-Verbindungen man in diesen Konferenzräumen zur Verfügung stellen muss. Wie viele Steckdosen brauchte man wohl, wenn man eine Konferenz für einhundert IT-Experten veranstalten musste? Irene schätzte, zirka doppelt so viele, wie es Teilnehmer gab, oder man musste die Veranstalter bitten, hundert eigene Doppelstecker mitzubringen.

Häufig dachte sie während der Arbeit auch über weniger realistische Fragen nach, zum Beispiel, was passieren würde, wenn man den ganzen lindgrünen Teppich, den Irene und die anderen jeden Tag staubsaugten, einfach draußen in der Stadt auslegen würde. Dann gäbe es wahrscheinlich in ganz Kyōto keinen Asphaltboden mehr. Dann würden all die Radfahrerinnen und Radfahrer doppelt so lang für ihre Arbeitswege brauchen, dann würde in der Regenzeit niemand mehr auf den Straßen laufen wollen, weil sich das anfühlen müsste, als würde man über einen vollgesaugten Schwamm gehen, und es würde wahrscheinlich nicht einmal eine halbe Stunde dauern, bis es keine einzige saubere Stelle mehr auf dem Teppichboden gäbe. Wie viel Arbeit dahintersteckte, diese Unmengen an Teppich nicht bloß sauber, sondern auch noch schön zu halten, das sah hier drin niemand, denn Zimmermädchen waren weitgehend unsichtbar, genau wie ihre Arbeit, das gehörte zum Beruf. Und es hörte sie auch niemand, jedenfalls nicht ohne Weiteres. Lautlos und unsichtbar. Es sei denn, sie wurden angesprochen, dann manifestierten sie sich, wie höfliche Gespenster, die nicht spukten, sondern sauber machten, und nur dann sichtbar wurden, wenn man sie tatsächlich sehen wollte. Es gehörte schon ein gewisses Geschick dazu, den Gästen derart wenig lästig zu sein.

Die Staubsauger waren so leise, dass man dreimal hinhören musste, um sich zu vergewissern, dass sie auch wirklich liefen. Ein ganz sanftes, fast wohliges Brummen. Irene war so tief versunken in ihre Arbeit auf dem Flur, dass sie Hitomi Akatsuka erst bemerkte, als sie sie am Ärmel zupfte. Sie lächelte und winkte Irene, sie solle ihr nachkommen. Irene verstaute den Staubsauger in einer Ecke, in die keine Gästeblicke fielen. Von diesen Ecken gab es gar nicht wenige. Sie lief Hitomi hinterher in eines der Zimmer, Nummer 1216. Sie durften normalerweise nicht zu zweit in ein Zimmer gehen. Irene merkte sofort, wie unwohl sie sich dabei fühlte. Bei dem Gedanken, dass sie hier erwischt werden könnten, sank sie in sich zusammen. Der Impuls, Hitomi und das Zimmer zu verlassen, war überwältigend. Hitomi dagegen schloss lässig die Tür hinter ihnen und kniete sich vors Bett, um einen perforierten Schuhkarton hervorzuziehen. Es war einer dieser Riesenkartons, in denen man Stiefel mit hohem Schaft kaufen konnte. An der Seite war ein Bild der Stiefel aufgedruckt. Sie sahen wie Reitstiefel aus, ein wenig streng, mit flachem Absatz. *Taglia 37. Vera pelle.* Irene glaubte, sich die Frau genau vorstellen zu können, die in diesem Zimmer wohnte. Eine elegante Frau mit sorgfältig hochgesteckten Haaren, nicht alt, aber auch nicht mehr jung, vermutlich kinderlos und während ihrer Zeit in Kyōto ständig im Kabukitheater oder in Galerien, die minimalistische Soundskulpturen der jungen Avantgarde aus Tōkyō oder Kurashiki ausstellten. Vermutlich hatte sie schon einen Schrein besucht, sich beim Betreten die Hände mit Wasser aus einer hölzernen Kelle gereinigt und einen Wunsch auf einen Zettel geschrieben, den sie an den Ast eines Baumes geknotet hatte. Vermutlich hatte sie das nicht in einem Reiseführer gelernt, sondern aus einem Buch, das eher in eine ethnologische Richtung ging.

Dann war aus der Schachtel ein leises Scharren zu hören, oder vielmehr ein Schaben, als würde jemand mit den Fingernägeln auf der rauen Seite des Kartons kratzen, ohne viel Druck auszuüben. Hitomi sah Irene an, Irene sah Hitomi an. »Mach auf«, schien sie zu sagen, aber sie war stumm wie immer, wie ein Fisch, wie ein Baum, und Irene wusste, dass es eigentlich falsch war, in den Sachen der Gäste zu stöbern. Sie hatte das in den Monaten im Hotel noch nie getan und war im Grunde froh, dass sie nie ernsthaft auf die Idee gekommen war. Sie hatte sich auch sonst nichts zuschulden kommen lassen, abgesehen von der einen Zahnbürste, die sie nur aus Neugier mitgenommen hatte und von der sie genau gewusst hatte, dass sie für niemanden einen Wert hatte, schon gar nicht für die Gäste. Aber nun schien es sowieso zu spät zu sein. In

Irene machte sich eine Ahnung breit: Wenn man so etwas einmal macht, gibt es kein Zurück mehr. Dann gibt es immer ein zweites Mal. Und selbst wenn es kein zweites Mal gäbe, würde sie nie wieder denken: In den Sachen der Gäste schnüffeln, das würde mir gar nicht einfallen. Sie wäre dann nie mehr so respektvoll wie vorher, nie mehr so nett und so ehrlich, und die Fehler, die sie machte, wären nicht mehr alle nur Versehen.

Hitomi war offenbar lange über diesen wichtigen Wendepunkt hinweg, sie schien von Irenes Hadern jedenfalls nichts zu bemerken. Vorsichtig schob Irene den Deckel auf, und eine Schildkröte blickte sie an. Irene überdachte ihr Bild von der Frau mit den Reitstiefeln noch mal. Möglicherweise war sie doch nicht so einfach zu beschreiben. Schuhe sagen zwar eine ganze Menge über ihre Träger, aber allzu viel sollte man sich davon vielleicht doch nicht versprechen. Hitomi grinste. So breit hatte sie wahrscheinlich noch nie jemand grinsen gesehen. Sie hockten nebeneinander auf dem Boden. Fast hätten ihre Schultern einander berührt. Irene fiel wieder auf, wie klein Hitomis ganze Gestalt war, wie schmal. Ihre Füße steckten in winzigen schwarzen Halbschuhen, die an allen anderen Menschen furchtbar unscheinbar ausgesehen hätten. An ihr sahen sie dagegen umwerfend aus, richtig gut, viel mehr als gut. Die Sohlen waren ohne Profil, eine kleine Zahl war darin eingeprägt, aber nicht mehr zu lesen. Ansonsten wirkten die Schuhe nicht alt. Selbst Hitomis Schuhbänder waren ein bisschen zierlicher und feiner als andere Schuhbänder, von Irenes eigenen ganz zu schweigen. Hitomi streckte einen Finger aus und streichelte den Kopf der Schildkröte. Mit seinen winzigen Augen sah das Tier erst sie, dann Irene an; es wiegte den Kopf, blinzelte und schien sehr zufrieden zu sein, sofern man das bei Schildkröten überhaupt sagen kann.

Als die beiden kurz darauf das Zimmer verließen, schob Hitomi ihren Wagen den Flur hinunter und verschwand im nächsten Zimmer. Ohne Abschiedsgeste, ohne sich noch einmal zu Irene umzudrehen. Der Staubsauger stand in der Ecke, als würde er zur Inneneinrichtung des Hotels gehören, dezent und fast ein bisschen dekorativ. Irene blieb kurz stehen, ehe sie ihn wieder in Betrieb nahm. Für einen winzigen Moment war es, als ob die Welt mit ihr zusammen stillstünde. Sie hielt inne, als würde sie warten, ob nicht doch noch irgendetwas geschah. Aber natürlich geschah nichts weiter. Die Tür zu dem Raum, in dem Hitomi nun beschäftigt war, stand offen. Man hörte nichts. Irene fragte sich, ob Hitomi die Fensterscheiben wischen würde. Das musste man nicht jedes Mal tun, und die meisten waren wahrscheinlich froh, wenn sie diesen Arbeitsschritt auslassen konnten, aber es war Irenes Lieblingsarbeit, die Stadt hinter dem Glas sauber zu wischen. Zu Hause putzte sie ihre Fenster nicht, das hatte sie noch nie gemacht. Die in Berlin hatte sie erst beim Auszug und sehr notdürftig gewischt. Es war ihr gar nicht aufgefallen, wie schmutzig die Scheiben waren. Sie dachte über Fensterscheiben nach und über das Panorama der Stadt, das dahinter lag, die Bergwipfel und den trüben Himmel mit seiner unbestimmten Suppenfarbe, um nicht daran zu denken, wie sie in das Zimmer gegangen war, das sie nicht hätte betreten dürfen, wie sie die Kiste geöffnet und die Schildkröte gesehen hatte.

Der Staubsauger brummte wie immer. Ihre Arme und Beine wussten genau, wie man am effizientesten staubsaugt, indem man sich nämlich ein bisschen hin- und herwiegt und den schweren Staubsauger dabei mit dem ganzen Arm bewegt, nicht bloß aus dem Handgelenk heraus. Wie ein sehr eintöniger Tanz. Aber auf Teppichboden bewegt man sich ja sowieso anders als auf richtigem Tanzparkett. Aus der Decke kam Musik, mehr oder weniger die gleiche wie sonst auch, Irene konnte die Stücke nicht unterscheiden. Sie versuchte, beim Saugen den Takt zu halten und dabei möglichst normal auszusehen, so unbeteiligt sie konnte, beinahe unsichtbar, wie es sich für ein Zimmermädchen gehörte.

Etwas war mit ihr passiert, als sie in das Zimmer gegangen war, in dem sie nichts verloren hatte, irgendetwas hatte sich ganz grundsätzlich verändert. Eine dieser Veränderungen, die man nicht mehr rückgängig machen konnte, die das Leben einteilten in ein Davor und ein Danach, und zwischen diesen beiden gab es eine spürbare Trennung. Wie eine Wand aus Milchglas, von der aus man die andere Seite nicht erreichen und nur vage erahnen konnte. Gerade genug, um ein bisschen Sehnsucht zu bekommen. Vermutlich war das aber bloß eine dieser Ängste, die Irene manchmal bekam, die kindisch waren und die sie meist einfach in sich begrub, bis sie irgendwann nicht mehr in Reichweite waren. Das klappte tatsächlich. Man konnte über das Verdrängen sagen, was man wollte, als Exitstrategie hatte es sich gut bewährt. Sie dachte also nicht weiter darüber nach, aber das Gefühl blieb ihr den ganzen Tag erhalten, wie eine ungute Ahnung, für die es keine vernünftige Erklärung gibt, ein Hirngespinst, von dem man weiß, dass es nicht wahr ist und das einen dennoch beängstigt, ganz tief im Inneren.

2. TEIL

1. Kyōto. Heute.

雨

Der Palast des Kaisers lag mitten in der Stadt, was den Park, der ihn umgab, nicht davon abhielt, ein eigenes Universum zu bilden. Mit dem Rest von Kyōto schien er jedenfalls nicht viel gemein zu haben. Es fiel nicht schwer, sich die Geschichte der Stadt vorzustellen, wenn man durch ihre Vergangenheit spazierte. Bevor es Kyōto gab, gab es tausend Gründe, weshalb ein Kaiserlicher Hof von Zeit zu Zeit umzog. Für alle möglichen Katastrophen wurden deren Schauplätze verantwortlich gemacht. Eine verregnete Ernte, eine hartnäckig um sich greifende Krankheit, ein verstorbener Kaiser oder ein besonders heftiges Erdbeben, an allem war der Ort schuld. Das beste Mittel gegen solch verfluchte, boshafte Orte war dafür nicht schwer zu finden, und so musste der Hof im Lauf der Jahrhunderte einige Male umziehen. Das war anscheinend ein recht normales, wenn auch bestimmt sehr aufwendiges Prozedere, das mit dem Shintōismus zusammenhing. Heian-kyō, wie Kyōto früher einmal geheißen hatte, war vage nach dem Vorbild der chinesischen Stadt Ch'ang-an angelegt worden, als aus den üblichen Gründen eine neue Hauptstadt für den neuen Kaiser Kammu gefunden werden musste. In einem Dichterwettstreit war rasch ein neuer Name für sie gefunden. Hauptstadt der Stille und des Friedens, Heian-kyō. Kaiser Kammu kam 794 nach Heian-kyō, in diesen von Bergen gesäumten Kessel, der einem damals wie heute heiße Sommer und eisige Winter beschert. Anscheinend hat es

Kammu trotz der Wetterlage von Anfang an in Heian-kyō gefallen. Er hatte nicht vorgehabt, noch einmal umzuziehen, und bei diesem Entschluss war er geblieben. Auch die nächsten zweiundsiebzig Kaiser blieben dort. Tausend Jahre lang. In Wahrheit waren es sogar tausendvierundsiebzig, aber tausend klang eben besser, da konnte man der Poesie in der Geschichte zuliebe ruhig vierundsiebzig Jahre opfern. Was seine Majestät wohl gedacht haben muss, als er zum ersten Mal seinen neuen Boulevard entlangschlenderte? Oder wurde er in einer Sänfte getragen? Saß er in einer Kutsche, auf samtenen Polstern mit Quasten und Posamenten in den schillerndsten Farben? Sah er seine neue Stadt durch einen Vorhang, durch ein Fenster, durch einen Regenschleier, typisch Kyōto, mit verhangenen Berggipfeln? War die Kaiserin auch dabei? Und wie hatte sie wohl über ihr neues Zuhause gedacht? Irene hatte keine Vorstellung davon, wie Kaiser damals gereist sein mochten, wie sie gelebt hatten, sie wusste ja nicht einmal, wie Kaiser Akihito und Kaiserin Michiko sich heutzutage in ihrem Palast und darüber hinaus fortbewegten.

Allerdings wusste sie, davon abgesehen, eine Menge über ihr neues Zuhause, wo auch immer sie sich das zusammengelesen haben mochte, aus Timos Büchern jedenfalls nicht. Das war ihr eigenes Wissen, ihre eigene kleine Heimatkunde. Sie hatte ohnehin immer viel gelesen und viel gewusst, nicht um bei jemandem Eindruck zu schinden, sondern weil sie Spaß daran hatte. So blieb es dann meist auch dabei, dass sie keinen Eindruck schindete und dass die meisten Leute keine Ahnung hatten, was sie alles in sich herumtrug. Irene war sich darüber ja selbst nicht im Klaren, nur manchmal, wenn die Sedimente dieses wie versehentlich angelesenen Wissens aufgewirbelt wurden und sie sich mit so etwas wie den Geschichten aus dem alten Heian-kyō die Zeit vertrieb. Verwundert und über sich selbst erstaunt.

Auf dem Weg zum Haupteingang hatte Irene sich Reisklöße gekauft, die auf ein Holzstäbchen aufgespießt und mit einem zähen Sirup aus Sojasauce und Zucker überzogen waren. *Mitarashi dango*. Die Verkäuferin kannte sie bereits, und Irene war so oft schon hier gewesen, dass sie sich mittlerweile nicht mehr traute, grußlos und ohne wenigstens eine kleine Portion zu kaufen an ihrem Stand vorbeizugehen. So war mittlerweile ein Ritual daraus geworden. Kein Parkbesuch ohne *dango*, und keine *dango* ohne Parkbesuch. Irene erschrak nicht, als sie gleich hinter dem Eingang in den Kaiserlichen Garten den Mann sah. Er hatte sie offenbar schon längst bemerkt. In der Hand einen Pappteller mit fünf *Dango*-Spießen, lehnte er an einem Wegweiser und hob die freie Hand zu einem Gruß. Seine Miene ließ darauf schließen, dass er nicht sonderlich erstaunt über ihr Zusammentreffen war.

»Ist eine Weile her«, stellte er fest. Irene merkte, dass sie ihn anlächelte, dabei war sie nicht einmal sicher, ob sie sich wirklich über die Begegnung freute. Der Park gehörte ihr nicht, jeder konnte herkommen und spazieren gehen. Und jeder konnte sich schließlich vorher Reisklöße an ihrem Lieblingsstand kaufen und an Wegweisern lehnen, als würde er auf jemanden warten. Eigentlich war nichts Ungewöhnliches dabei, und doch kam es ihr falsch vor.

»Gehen wir spazieren?«

»Okay. Hatte ich sowieso vor.«

»Dachte ich mir schon.«

Sie aßen im Gehen und knirschten dabei einen eintönigen Rhythmus in den Kies. Kein Gleichschritt, sondern leicht versetzt. Irene gab acht darauf, dass sie nicht ganz in seinen Takt einstimmte. Es war ihr nicht recht, so neben ihm zu gehen, neben diesem Mann, der das alles selbstverständlich fand, als sei gar nichts dabei, wie er in ihrem Leben herumschlich. Sie wäre gern wütend geworden, oder wenigstens ein bisschen ärgerlich. Gerne hätte sie ihm gesagt, dass sie doch lieber alleine spazieren gehen wolle, und auf dem Absatz kehrt gemacht. *Nichts für ungut.* Souverän wie eine Kaiserin und ohne sich anmerken zu lassen, wie sehr der Mann sie störte. Der Park war ja groß genug, man musste einander hier wirklich nicht begegnen, wenn man keine Lust dazu hatte.

Irene war froh um die Ausrede, nicht mit ihm sprechen zu müssen, und kaute jeden Bissen dreimal mehr, als es ihr nötig vorkam. Der Mann war genauso stumm wie sie und aß mindestens genauso langsam, aber er wirkte, als würde er jeden Moment dazu ansetzen, etwas zu sagen. Nicht einmal schweigend ließ er sie in Frieden. Irene sah nicht von ihrem Pappteller auf, ließ ihren Blick nur dann und wann zum Wegesrand schweifen, um nicht die Orientierung zu verlieren. Der Rasen war nicht besonders kurz, aber auch nicht gerade wildwüchsig. Wahrscheinlich steckte viel Aufwand dahinter, ihn ständig auf einer so maßvollen Länge zu halten. Irene hatte hier nie jemanden gesehen, der ihn mähte. Auch sonst schien es hier im Park keine Gärtner zu geben oder Personal, das nach dem Rechten sah. In Berlin, auf dem Tempelhofer Flugfeld, hatte ständig ein roter PKW seine Runden gedreht und allen klargemacht, dass hier aufgepasst und nicht gekifft oder im Vogelschutzgebiet herumgestiefelt werden sollte. Der Kaisergarten wirkte dagegen ganz sich selbst überlassen, nur die Raben schauten wachsam aus den Bäumen herunter.

Als auch der Mann mit seinen *dango* endlich fertig war, nahm er ihr ganz selbstverständlich den leeren Pappteller aus der Hand, warf ihn in den nächsten Mülleimer, der sich ganz unauffällig in die Landschaft fügte, und setzte sich auf die Bank daneben. Mit einer winzigkleinen Geste, einer kaum merkbar gehobenen Augenbraue, einer vage auf den freien Platz neben sich deutenden Hand, lud er sie zu sich ein. Ihr Körper war folgsam und setzte sich rasch hin, ehe Irene auf die Idee käme, den Spaziergang doch noch alleine fortzusetzen. Einen Moment dachte sie, dass der Mann scheinbar einen größeren Einfluss auf ihre Arme und Beine, ihre Muskeln und ihre Bewegungen hatte als sie selbst. Dabei war sie es einfach nicht gewohnt, nein zu sagen. Dafür konnte der Mann nichts, im Gegenteil. Sie wollte sich nicht über ihn ärgern, und noch viel weniger wollte sie Angst vor ihm haben. Sie wollte sich endlich freuen, ihn zu sehen. Immerhin gelang ihr ein Lächeln, das er sofort zum Anlass nahm, loszureden. Als hätte er bloß auf ein Startsignal gewartet.

»Weißt du, weshalb Raben schwarz sind?«

»Kommt jetzt ein Witz?«

»Nein, aber ein Märchen, oder zumindest etwas in dieser Richtung. Eine Geschichte. Oder vielleicht eine Legende. Keine Ahnung, wie man so etwas nennt. Die Ainu erzählen sich jedenfalls, dass eines Tages einige Frauen beieinandersaßen und einander tätowiert haben. Da kam ein Rabe vorbei, so ein richtig ungestümer, halbstarker, und hat sie dabei gestört. Er ist ihnen um die Köpfe geflattert und hat gekräht, dass es ihnen nur so in den Ohren geklingelt hat. Die Frauen waren darüber ziemlich erbost, wie man sich vorstellen kann. Wenn man beim Tätowieren abgelenkt wird, kann das schließlich Folgen haben, von denen man sehr lange etwas hat, und die Frauen waren sicher von der eitlen Sorte. Kurzum, sie sind nach einer Weile richtig sauer geworden, und weil der Rabenwildfang einfach nicht mit seinen Streichen aufhören wollte, warf schließlich eine von ihnen das Fässchen mit der schwarzen Tusche nach ihm und landete einen Volltreffer. Der Rabe war über und über mit schwarzer Tinte übergossen, nicht eine einzige Feder war verschont geblieben. Das Ergebnis von diesem Wahnsinnswurf kann man heute noch so ziemlich auf der ganzen Welt bewundern, Raben gibt es schließlich fast überall. Vor allem an Orten, wo es auch Menschen gibt.«

»Sie haben einander tätowiert, die Frauen? Gegenseitig?«

»Ja, gegenseitig.«

»Schräg. Das Schlimmste, was ich je einer Freundin angetan habe, war, ihr einen Pony zu schneiden. Ich bin heilfroh, dass wir nicht auf solche Ideen gekommen sind. Aber wahrscheinlich hätten wir uns das gar nicht getraut. Ich bin ehrlich gesagt fast in Ohnmacht gefallen, als ich meine ersten Ohrlöcher bekommen habe.«

Der Mann blickte sie von der Seite an, direkt in die Augen. »Das war das Schlimmste, was du je einer Freundin angetan hast? Ernsthaft? Dann bist du eine tolle Freundin. Ich wette, sie hat dir den Pony sofort verziehen.«

Irene schwieg und sah zu, wie ein Rabe über den Kiesweg hüpfte. Er sah dabei gleichzeitig anmutig und schelmisch aus. Wie er den Kopf so schieflegte und seine Flügel kurz ausbreitete, als wolle er ihnen zeigen, wie groß er war, traute Irene dem Raben alles zu. Sein Gefieder glänzte; es sah fast ein wenig blau aus. Eine gute Tintenfarbe. Dann hüpfte der Rabe ins nächste Gebüsch, raschelte und verschwand. Cora hatte ihr den Pony erst sehr viel später verziehen, aber wenigstens hatte sie irgendwann darüber gelacht. *Wenn du schläfst, nehm' ich die Schere und mach dir eine Frisur wie Julia aus der 7B.* Manche Sätze kommen immer zu einem zurück. Das war Coras Echo, eine leere Drohung, mit boshaftem Ernst vorgetragen und sofort wieder weggekichert. Sie erinnerte sich, wie sie nach dem Aufwachen nach ihren Haaren getastet hatte, nicht außer sich vor Angst, aber ängstlich genug, um sichergehen zu wollen. Irene hatte sich als Kind gern hinter Vorhängen versteckt, sich überhaupt immer gern versteckt, sich verborgen und verhüllt; vielleicht hatte sie deshalb immer endlos lange Haare gehabt. Ihre Haare hatten eine Funktion, es waren Schutzhaare und Stimmungshaare. Nur hatte das niemand gewusst. Wenn sie sich gut und sicher gefühlt hatte, waren sie geflochten oder zu einem Pferdeschwanz gebunden gewesen. Wenn nicht, waren sie offen, lang und glatt gewesen, jederzeit bereit, ihr zum Schutz ins Gesicht zu fallen und sie zuzudecken. Es war schwer, das jemand anderem begreiflich zu machen, ohne sich damit komplett lächerlich vorzukommen. Für alle anderen waren Irenes Haare einfach nur hübsch gewesen, wahrscheinlich das Hübscheste überhaupt an ihrer ganzen Erscheinung, und auch nicht spektakulär genug, um die blasse Haut und die komische Brille und den runden Bauch auszugleichen. Schönheit war ohnehin kein Nullsummenspiel, das hatten viele schon damals begriffen, Irene auch. Ihr war das egal gewesen, oder zumindest weniger wichtig als den anderen in ihrer Klasse. Ihre vorhanglangen Haare hatten Wichtigeres zu tun als gut auszusehen. Cora hatte nicht ahnen können, dass sie eine so verletzbare Stelle getroffen hatte. Aber sie waren sich eine Zeit lang nah genug gewesen, um ein Gespür für so was zu entwickeln. Irene jedenfalls hatte lange geglaubt, Coras Ängste im Gefühl zu haben, selbst die geheimen und unaussprechlichen, und sie war sicher, dass Cora auch ihre im Gefühl gehabt haben musste. Das allein reichte allerdings nicht, um ihr böse Absichten zu unterstellen.

Irene und der Mann saßen ein gutes Stück voneinander entfernt auf der Bank und sahen in den verwaschenen Himmel, jeder irrte in seinen eigenen Gedanken umher. Wenn jemand sie dort sitzen gesehen hätte, hätte er sie für Fremde gehalten, aber es gab niemand außer ihnen. Am Ein- und Ausgang des Parks traf man immer Menschen, in seinem Innern dagegen verloren sie sich sofort.

»Aber was ich nicht verstehe, ist, wie die Raben vorher ausgesehen haben sollen. Ich kann es mir überhaupt nicht vorstellen. Ich denke nicht, dass sie ganz einfach weiß gewesen sind«, sagte der Mann in den Himmel hinein, ohne auf die Idee zu kommen, Irene nach ihrer Meinung zu fragen.

2. Kyōto. Heute.

雨

Scheinbar war die Vermieterin im Lauf der letzten Monate immer schwerhöriger geworden. Die Lautstärke ihres Radios hatte sich jedenfalls seit Irenes Einzug drastisch verändert, und mittlerweile war aus dem leisen Raunen eine deutlich hörbare Dauerbeschallung geworden. Irene war erstaunt, wie gut ihr Schulfranzösisch noch war, so konnte sie immerhin ein paar Worte aufschnappen und sich die Inhalte der Sendungen daraus zusammenreimen. Sie hatte sich an die Geräusche gewöhnt und sie immer mehr liebgewonnen. Mittlerweile gehörten die Radiogeräusche von nebenan so selbstverständlich zu ihrer Wohnung, dass sie sie gar nicht mehr als etwas wahrnahm, das von außen zu ihr hineinkam. Erst als plötzlich nur noch Stille zu hören war, kam ihr die Vermieterin wieder in den Sinn. Nach ein paar Stunden ohne Radio legte Irene das Ohr an die kalte stumme Wand. Dann nahm sie ein Glas aus dem Küchenschrank und nutzte es als Verstärker, indem sie es mit der Öffnung gegen die Wand hielt und am Boden des Bechers lauschte; immer noch nichts als Stille nebenan. Ihr kamen die schlimmsten Gedanken. Sie sah ihre Nachbarin schon leblos in ihrem Bett liegen, das graue Haar noch schnell gekämmt, ehe sie sich im besten Nachthemd zur Ruhe gelegt hatte, kein Stück überrascht von ihrem eigenen Tod. Als noch viel hässlichere Szenarien in Irene hochkamen, von häuslichen Unfällen, Herzattacken und Hirnschlägen, machte sie sich in ihren Hausschuhen auf den Weg nach nebenan.

Die alte Frau öffnete ihr zu ihrer großen Erleichterung dermaßen prompt, als habe sie schon hinter der Tür auf sie gelauert, und lud sie auf eine Weise zum Kaffee ein, die kein Nein duldete. Aber Irene hätte ohnehin nicht nein gesagt. Sie war zum ersten Mal in dieser Wohnung, sonst hatte sie immer nur im Rahmen gestanden, und auch das war nicht mehr vorgekommen, seit sie endgültig in Japan angekommen war. Irene zahlte ihre Miete immer überpünktlich und war wohl die leiseste Nachbarin, die man sich wünschen konnte; ihr waren schon bald keine Fragen mehr zu ihrer Wohnung eingefallen, und so war der Kontakt zwischen ihnen auf ein freundliches Hallo und die allerknappsten Gespräche im Hausflur geschrumpft.

Die Wohnung hatte überhaupt nichts, was man sich von den Wohnungen älterer Damen erwartete. Sie war minimalistisch und modern eingerichtet, mit hellen Farben und glatten Oberflächen. Eine weiße Ledercouch, ein gläserner Tisch. Keine Bilder an den Wänden, aber eine Skulptur aus Gips, die vage an eine Tänzerin erinnerte, aber abstrakt genug war, dass man an seinen eigenen Assoziationen automatisch zu zweifeln begann. Unter dem Fenster ein gläserner Schreibtisch, auf dem ein Laptop stand, futuristisch und flach. Die Wohnung hatte den gleichen Grundriss wie Irenes eigene, aber obwohl sie ähnlich wenige Möbel hatte, wirkte die von Madame im Vergleich riesig. Auf dem Sofa schlief eine silbergraue Katze. Als Irene sich neben sie setzte, streckte die Katze sich, gähnte, tappte ein paar Schritte auf sie zu, streckte sich noch mal und rollte sich wieder zusammen. Wie automatisch streichelte Irene ihr weiches Fell. Die Katze fühlte sich zierlich an, federleicht. Sie schnurrte, als hätte sie einen kleinen Motor verschluckt, kaum hörbar und ganz gleichmäßig.

»Ich wollte Sie nicht stören, mir ist bloß aufgefallen, dass es plötzlich so leise war, und da dachte ich, ich frage

Sie lieber mal, ob alles in Ordnung ist. Das heißt natürlich nicht, dass es vorher laut gewesen ist! Im Gegenteil, es war wirklich überhaupt nicht laut.«

»Sie meinen das Radio, was? Hat den Geist aufgegeben. Zwanzig Jahre ist es ohne Probleme gelaufen, und gestern ging es nicht mehr an. Ein Jammer ist das, wirklich, ich hatte mich so sehr daran gewöhnt, dass mir gar nicht klar war, wie wichtig mir mein Radio war. Das merke ich erst jetzt. Die Katze ist auch schon ganz betrübt, ich glaube, es ist ihr zu still.«

»Soll ich es mir vielleicht einmal ansehen? Das Radio, meine ich?«

Der Weltempfänger stand groß und unschuldig auf einem Sockel, ziemlich genau dort, wo sie beim Schlafen auf der anderen Seite der Wand mit dem Ohr lag. Die Vermieterin lächelte ein perlmuttfarbenes Lippenstiftlächeln. Irene drehte an den Knöpfen, versuchte es mit unterschiedlichen Steckdosen, schaute sich das Kabel an und gab auf, als sie der Ansicht war, dass es an der Zeit dafür wäre. Die Vermieterin wirkte nicht so, als hätte sie große Hoffnungen in Irene gehabt. Sie hatte in der Zwischenzeit zwei kleine Tassen mit Espresso herbeigezaubert, dazu eine Wasserkaraffe, zwei dickbauchige, dünnwandige Gläser und zwei Teller mit *yatsuhashi*, einer Süßigkeit aus gemahlenem Reis, die nach Zimt schmeckte. Zu den *yatsuhashi* gab es zierliche silberne Gabeln, die zugleich als Messer dienten. Irene fragte sich, ob ihre Nachbarin auch für sich allein so schöne, kleine Sachen herrichtete und ob sie jeden Tag Lippenstift trug und den Sofatisch leer räumte. Sie hatte nie mitbekommen, dass sie Besuch gehabt hätte, und war davon ausgegangen, dass sie genau wie sie leben würde: Ihre Mahlzeiten aß Irene oft direkt aus der Pfanne, am besten im Stehen vor dem Herd, aber meist kam sie ohnehin schon satt nach Hause, weil sie unterwegs etwas gegessen hatte. Die »*Ramen*-Diät« hatte sich als praktische Langzeitlösung entpuppt, Toshios Satz mit der Eierallergie konnte sie mittlerweile im Schlaf aufsagen. Ihre Wohnung war wahrscheinlich nur deshalb relativ ordentlich, weil sie so wenig Geschirr wie möglich dreckig machte. Ästhetik war ihr nie wichtig gewesen, wenn sie wusste, dass ihr keiner zusah. Vielleicht war das ein Fehler, dachte sie. Vielleicht machte die alte Frau es genau richtig, vielleicht hatte sie den Dreh mit dem Alleinsein viel besser raus als Irene. Aber sie hatte ja auch eine Menge mehr Zeit zum Lernen gehabt.

Am nächsten Tag lief Irene nach der Arbeit in ein Kaufhaus. Das war keiner dieser Umwegspaziergänge, deren einziges Ziel es war, vielleicht doch noch eine unbekannte Ecke zwischen ihrer Wohnung und dem Bahnhofshotel zu entdecken, das war ein gezielter Spaziergang, einer ohne Umweg, sie war hastig hergelaufen und hatte sich nicht einmal eine Schaufensterpause oder eine Coffee-to-go-Pause gegönnt, obwohl sie bei der Arbeit eigentlich schon genug umhergeeilt war.

Einmal angekommen, hatte sie dafür umso mehr Zeit und große Lust, sie zu verschwenden; sie ließ sich im Erdgeschoss eine unglaublich teure Creme auf den Handrücken spateln, der nachgesagt wurde, dass sie vor allem von Fischern auf Grönland und Filmstars, die sich um Hautalterung sorgten, verwendet wurde. Unter anderem von Keira Knightley und Nicole Kidman, erklärte ihr die Verkäuferin auf Englisch. Irene nickte und schaffte es einen langen Moment später, sich ohne neue Creme aus dem Gespräch zu befreien. Ihr Handrücken duftete gut. Im ersten Stock probierte sie ein Kleid an, aber sie bekam den Reißverschluss am Rücken nicht ganz zu und dann auch nicht mehr richtig auf, sodass sie sich in einer zirkusreifen Aktion aus dem steifen Stoff schlängeln musste; danach hatte sie erst mal genug von Kleidung und übersprang die nächste Etage. Sie war schon mit einem perlenbesetzten BH zur Kasse unterwegs, die Preise in Yen musste sie schon längst nicht mehr in Euro umrechnen, um sie zu verstehen, daher hatte sie das Preisschild sicherheitshalber gar nicht erst angesehen. Dann kehrte sie aber doch um und hängte den BH an die Stange zurück. Auf der Schuhetage roch es nach neuem Leder, sie sog den Duft ein paar Mal ein, warf von der Rolltreppe aus noch einen Blick auf die Herbstkollektion. Schmal geschnittene Halbschuhe, ganz flache Sohlen, dünne Schuhbänder. Sie dachte an Hitomi, dann stand sie plötzlich mitten in der Elektronikabteilung. An der Spielzeugetage hatten ihre Beine sie vorbeigetragen, ohne dass sie etwas davon mitbekommen hatte. Kinder machten sie manchmal traurig, manchmal froh, es war nie abzusehen, was davon gerade an der Reihe war. Und sie hatte ja eine Aufgabe zu erfüllen. Kein guter Zeitpunkt für Gefühlsausbrüche. Sie schaute sich Handys und Kameras an, die hauchdünnen Laptops und die Plattenspieler für Nostalgiker. Sie hatte offensichtlich mehrere Generationen neuer Geräte nicht mitbekommen; ihr eigenes Handy war vor allem dafür da, dass ihre Mutter sie erreichen konnte, sein Zweck war also eher ein theoretischer als ein praktischer. Sie lud den Akku einmal die Woche auf und bekam ansonsten nicht viel davon mit. Das hieß natürlich nicht, dass sie den Geräten am anderen Ende des Spektrums nichts abgewinnen konnte, im Gegenteil. Je mehr Handys sie sich anschaute, desto besser gefielen sie ihr.

Staubsaugerroboter waren schon längst keine Neuheit mehr. Roboterhunde und Roboterkatzen offensichtlich schon eher. Es gab außerdem Überwachungsdrohnen für den Hausgebrauch, mit Kameras und extraleisem Getriebe.

Küchengeräte, deren Zweck man beim besten Willen nicht erraten konnte, und natürlich eine unüberschaubare Flut an Kameras für Unter- und Überwassertouristen, in allen Farben.

Erst ganz zum Schluss kam sie bei den Radios an, als hätte sie ihre Tour durch die Elektro-Etage extra so geplant, dabei war sie ganz einfach kreuz und quer durch die Gänge gestreift, unmöglich zu sagen, ob sie dabei irgendeinem Instinkt gefolgt war oder einfach der permanent von den Deckenlautsprechern schallenden Werbung. Jedenfalls hatte sie gefunden, weshalb sie hergekommen war. Sie entschied sich für einen schlichten weißen Weltempfänger, dessen Design entweder an Modelle von Braun aus den späten Fünfzigern erinnerte oder ganz einfach zeitlos war. Das war wichtig, er würde hoffentlich lange halten müssen. Der Knopf, an dem man die Frequenz einstellen konnte, fühlte sich angenehm an beim Drehen, er leistete genau den richtigen Widerstand. Sie drehte so lang daran, bis sie ein Violinstück fand. Das Lied kam ihr bekannt vor, als wäre es eins von denen, die auch auf den Fluren des Hotels liefen. Der Klang des Radios war warm und satt, und der Lautstärkeregler ließ eine Menge Spielraum nach oben. Am liebsten hätte Irene noch ein zweites Exemplar gekauft, aber sie brauchte ja nur eines.

Sie schloss ihre eigene Wohnungstür auf und ließ sie einen Spalt breit angelehnt, um sich eine reibungslose Flucht zu ermöglichen. Sie hatte ja einen Eindruck davon bekommen, wie schnell die Vermieterin sein konnte, wenn Besuch vor der Tür stand. Dann stellte sie den Karton auf deren Schwelle ab und klopfte. Ehe die Nachbarin öffnen konnte, war Irene schon in ihre eigene Wohnung geschlüpft. Es war knapp, ihre Tür ging im selben Augenblick zu, als die nebenan geöffnet wurde. Irene beglückwünschte sich noch mal zu ihrer erfolgreichen Einkaufstour. Sie stellte ihre Schuhe ordentlich nebeneinander, setzte die Handtasche auf den Stuhl am Esstisch, legte sich aufs Bett und lauschte und lächelte. Bald ging die Musik an. Der Sender klang genau wie immer, vielleicht sogar ein bisschen klarer und kräftiger. Sie hörten zu dritt den ganzen Abend Radio, die Vermieterin, die silberne Katze und sie. Alles stimmte wieder, zumindest für den Augenblick.

3. Kyōto. Heute.

雨

Die Amsel auf der Briefmarke war mit einem dicken X durchgestrichen. Sie sah aus, als würde sie aus einem Käfig schauen. »Unbekannt verzogen« stand auf dem Umschlag, in einer Schrift, die Irene nicht kannte. Dazu eine Menge deutscher Briefmarken, deren Werte zusammengerechnet eine beachtliche Summe ergaben, und irgendwo dazwischen hing der Vermerk »return to sender« in derselben unbekannten Handschrift. Timos Adresse war mit Kugelschreiber durchgestrichen und ihre mit rotem Stift eingekreist, ein Kugelschreiberpfeil zeigte von der Berliner Anschrift auf Irenes in Kyōto. Irene hatte noch nie einen Brief zurückgeschickt und sich immer gefragt, wie das funktionierte, ob das ein Service der Post war oder ob man selbst das Porto berappen musste, und ob man, wenn man schon dafür zahlte, nicht lieber gleich den ganzen Brief sicherheitshalber in einen neuen Umschlag packen und ganz ordentlich Absender- und Empfängeranschrift vertauschen sollte. Offensichtlich war der Mensch, der jetzt in Timos Wohnung wohnte und seinen Briefkastenschlüssel hatte, besser informiert. Auch wenn der Brief ewig für seine Reise um den Globus und wieder zurück auf ihren Schreibtisch gebraucht hatte. Wochen, in denen sie genug Zeit gehabt hatte, ihn zu vergessen.

Es war ihr nicht vorstellbar, dass Timo nun woanders wohnen sollte. Während alle um sie herum ständig von Bezirk zu Bezirk gezogen waren, Mitbewohner gewechselt und Zimmer getauscht hatten, war Timo immer dort geblieben, in Charlottenburg, weit weg von seinen Freunden, weit weg von Irene, aber nah am Schlosspark und in einem Gartenhaus, das man über so viele ineinandergeschachtelte Hinterhöfe erreichte, dass einem die Stille dort fast schon normal vorkam. Der Ort war immer mehr zu seiner Wohnung geworden. Hatte immer mehr nach seiner Wäsche und dem Essen, das er mochte, gerochen. Aus Bücherstapeln am Boden waren Tische geworden, auf denen er seine Grünpflanzen abgestellt hatte. In seinem Biotop hielten die Pflanzen es gut aus; sie bekamen viel Sonne, die nächste Hausfassade war ein gutes Stück entfernt, und die Bäume im Hof reichten nicht bis zum vierten Stock herauf. Er hatte Rosmarin, Salbei und Basilikum auf der Fensterbank, und sogar eine kleine Peperonipflanze, an der man immerhin ab und zu mal reife, feuerrote Schoten finden konnte. Von der Decke hing ein Papierlampenschirm, schief, weil er viel zu leicht war, um sich mit Hilfe der Schwerkraft einfach von allein nach unten zu strecken. Jeder kannte diese Papierlampenschirme und wusste sofort: erste eigene Wohnung, Großeinkauf bei IKEA, eine komplette Einrichtung für zweihundert Euro, davon zwei für die beiden Lampenschirme, von denen wiederum einer beim Aufhängen einreißt und der andere bis in alle Ewigkeit hält. Oder zumindest bis zum Einzug in die zweite eigene Wohnung. So war es auch bei Timo gewesen, nur blieb er eben in dieser ersten Wohnung länger als die meisten anderen Leute. Und so wurde auch der Lampenschirm überdurchschnittlich alt. Bei seiner niedrigen Miete wäre es komplett wahnsinnig, auch nur an einen Umzug zu denken, sagte er, wenn jemand eine Bemerkung über seine erstaunliche Sesshaftigkeit machte. Das stimmte, er zahlte wenig für die Wohnung, während ringsum die Mieten stiegen, dass einem schwindlig werden konnte. Irene war allerdings nie sicher gewesen, ob es nicht noch ein paar andere Gründe dafür gab. Manche kamen einfach nicht weg, wenn sie sich einmal irgendwo niedergelassen hatten, da konnte man hundertmal beruflich nach Japan reisen und hunderttausend fremde Schriftzeichen lernen.

Irene hatte Timos Biotop auch immer gemocht. Sie hätte ohne Probleme einen Grundriss seiner Wohnung zeichnen können, mit allen Möbeln darin. Das Regalbrett im Bad, über der Waschmaschine, mit seiner Rasiercreme und dem Deo, das Irene oft benutzt hatte, ohne, dass es ihm je aufgefallen wäre. Vielleicht hatte er es auch bemerkt und nichts gesagt. Es roch anders an ihr, aber sie mochte es trotzdem. Sie erinnerte sich an die Fotos an seinen Wänden, das Plakat vom Arcade-Fire-Konzert, zu dem sie nicht mitgekommen war; sie hatte abgesagt, es war ihr an dem Abend nicht gut gegangen, ganz einfach nicht nach Leuten gewesen. Sie hatte ihn nie gefragt, was er mit der zweiten Eintrittskarte gemacht hatte, aber es musste ein gutes Konzert gewesen sein, und so was lag nie nur an der Musik. Damals hatte es sie nicht interessiert. Jetzt wurde ihr bewusst, dass sie höchstwahrscheinlich nie erfahren würde, mit wem er dort gewesen war und weshalb er ausgerechnet an dieses Konzert so gern dachte, dass er sogar ein Plakat davon in die Küche gehängt hatte. Und dass sie auch nie wieder mit seiner verbeulten Espressokanne an seinem verbeulten Gasherd diesen Kaffee kochen würde, an dem sich jeder künftige Kaffee messen lassen müsste. Um die Papierlampe tat es ihr am meisten leid. Vielleicht hatte er sie hängen lassen, mit Absicht dort für den neuen Mieter oder die neue Mieterin vergessen.

Wie jemand, der einem noch vor ein paar Wochen ein Buch und einen lieben Brief geschickt hatte, heute schon unbekannt verzogen sein konnte, wollte ihr nicht in den

Kopf. Noch dazu, wo doch der Mann so von der Idee mit dem Brief überzeugt gewesen war und keinerlei Umzugspläne erwähnt hatte. Er wusste doch sonst auch über alles Bescheid. Aber wer könnte schon sicher sein, dass es die Person, die man kannte, auch wirklich gab. Geschweige denn, dass diese Person immer diejenige bleiben würde, die sie gewesen ist, als sie einen zum Flughafen gefahren und Abschied genommen hat. Gut möglich, dass ihr jemand den Koffer gepackt hatte, der heute gar nicht mehr existierte, der sich in der Zwischenzeit in einen Fremden verwandelt hatte. So gesehen war es wirklich kein so großes Wunder, dieses »Unbekannt verzogen«.

Vielleicht gehörte die Handschrift, die sie nicht kannte, Diane. Vielleicht hatte er ihr wirklich seinen Briefkastenschlüssel gegeben und sie hatte den Brief als erste gefunden und Nachforschungen angestellt über die Absenderin, Timo ausgefragt, bis er ihr etwas über sie erzählt hatte; was, konnte sie sich zwar nicht vorstellen, aber Timo wäre schon irgendwas eingefallen. Vielleicht war sie dann wütend geworden, weil Timo nicht so war, wie sie ihn sich vorgestellt hatte, ganz ohne Geheimnisse und ohne Erinnerungen an andere Frauen, die zwar weit entfernt waren, aber nicht weit genug.

Sie strich mit den Fingern an den Rändern des Umschlags entlang und zog die Linien der unbekannten Handschrift nach. Es war eine schöne Schrift, um Längen schöner als Irenes eigene. Sie wirkte wie bewusst einstudiert. Nicht bloß durch Zufall aus der Grundschulschrift herausgewachsen, so wie ihre. Diane musste jemand sein, der ein so sicheres Gespür für Schönheit hatte, dass es bis in die kleinsten Gesten sichtbar war. Wahrscheinlich auch hörbar und spürbar, aber vor allem sichtbar. Deshalb diese Handschrift, in der selbst der nüchternste Vermerk noch eine ganz andere Botschaft in sich trug.

Sie fragte sich, wie Timo reagiert hatte und ob er auch nur einen einzigen müden Versuch unternommen hatte, den Brief in seine Gewalt zu bringen. Sicher hatte er sie nicht davon überzeugen wollen, er war nicht gut im Streiten und vermied es, jedenfalls hatte der Timo, den sie in Berlin gelassen hatte, es so gehandhabt. Zu diesem Timo passte es allerdings genauso wenig, den Umschlag unter Wasserdampf oder mit ähnlichen Detektivspielen heimlich zu öffnen und ihn hinterher wieder so zu verschließen, dass es selbst Dianes auf Details geschultem Blick entgehen würde. Sie sah sich die Klebestelle trotzdem an, aber auch sie sah keine verdächtigen Spuren und fand das beinah ein wenig schade. Es war natürlich auch nicht unwahrscheinlich, dass sie ihm gar nicht erst von dem Brief erzählt hatte, und dass sie überhaupt jeden Brief von einer weiblichen Absenderin auf diese Weise zurückschickte. Vielleicht hatte Timo ein paar Mal in den Briefkasten geschaut und den Anruf des Mannes dann als eine Art Telefonstreich abgetan, von jemandem, der vielleicht nicht vollkommen irre, aber in jedem Fall auch nicht besonders glaubwürdig war. Diese Variante schien ihr von allen am einleuchtendsten.

Der Brief war jetzt ja wieder an sie selbst gerichtet. Kein Verstoß gegen das Briefgeheimnis, wenn sie ihn öffnete. Noch dazu hatte man wohl auch als Verfasserin ein Recht darauf, seine eigenen Briefe zu lesen, wenn einem danach war. Und sie wollte plötzlich doch ganz gern wissen, was sie ihm eigentlich noch zu sagen gehabt hatte. Ihre lackierten Stäbchen hatten sich als nicht besonders praktisch zum Reisessen erwiesen, dafür waren sie umso bessere Brieföffner. 箸, *hashi*: Essstäbchen. 箸にも棒にも掛からない, *hashi ni mo bō ni mo kakaranai*: ein hoffnungsloser Fall. Sie entschied sich für ein himmelblaues.

Lieber Timo,

dieser Brief wird Dich vielleicht überraschen. Hoffentlich ist es eine schöne Überraschung. Ich habe lange nicht geschrieben, das weiß ich, und ich weiß auch, dass Dir diese Zeit bestimmt noch viel länger vorkam als mir.

Während ich Dir schreibe, fließt an der Fensterscheibe der Regen hinunter. Das Glas ist ganz beschlagen und ich weiß nicht, was ich Dir erzählen soll, also schreibe ich drauflos. Ich würde Dir gern davon berichten, wie es hier ist, wie die Stadt aussieht und all so was. Es kommt mir vor, als wären meine letzten Briefe an Dich ganz leer gewesen. Ich weiß jedenfalls schon gar nicht mehr, was drinstand. Ich habe Dir kaum etwas geschrieben von meinem Leben hier und Kyōto und so, aber Du bist schließlich derjenige von uns beiden, der Japan gut kennt. Im Vergleich zu Dir komme ich mir immer noch vor, als wäre ich eben erst hier gelandet. Alles ist neu für mich, und Du kennst Dich aus. Du weißt die richtigen Worte für die Orte, deren Namen mir nicht einfallen, oder für all die kleinen besonderen Sachen, die es hier in Japan gibt und nirgends sonst auf der Welt. Du weißt zum Beispiel bestimmt, wie diese Zettel heißen, die man bei den Shintō-Schreinen an einen Ast hängt, um sich etwas zu wünschen, oder ob das im Kaiserlichen Garten wirklich Raben sind oder doch eher Krähen (und ob es da überhaupt einen Unterschied gibt), und wie man hier zu den Bergen sagt, die die Stadt säumen, oder zu dem Saft aus den Getränkeautomaten. Mir fehlen die Worte dafür immer noch. Obwohl ich ganz oft an diese Dinge denke, kann ich sie nicht benennen, es gibt kein deutsches Wort dafür, und das japanische weiß ich nicht. Dadurch werden sie mir immerhin nicht entzaubert, aber oft kommt es mir so vor, als würde ich immerzu das Wichtigste verpassen, als hätte ich überhaupt keinen Schimmer von der Welt, die mich umgibt. Als gäbe es die Dinge in Wirklichkeit gar nicht, für die ich kein Wort weiß, als hätte ich sie bloß geträumt. Nur weil ich sie nicht in ihrer eigenen Sprache beschreiben kann. Seltsam, nicht? Aber so ist es nun mal. Ich mache Fortschritte, klar, aber sie sind klein. Ich kann ein Taxi rufen und mich nach Hause bringen lassen, ich kann beide Silbenalphabete und eine Menge Kanji, aber eine Unterhaltung führen, das kann ich noch nicht. Ich wüsste ehrlich gesagt auch gar nicht, mit wem.

Aber weißt Du, bitte versteh' mich nicht falsch: Mir gefällt es hier. Mir gefällt es sogar richtig gut. Ich bin ganz verliebt in die Stadt, und das mit der Sprache ist halb so wild, ich komme gut zurecht mit den paar Worten, die ich weiß. Das Allerbeste ist: Ich habe das Gefühl, dass es hier einen ganz logischen Grund gibt, weshalb ich allein bin. Ich bin hier ja schließlich fremd und kann mich nicht verständigen, da gehört sich das so, alles andere wäre ein Wunder. Verstehst Du? In Berlin gab's keinen solchen Grund, und trotzdem war ich dort allein, trotz der Sprache und allem. Auch noch nach Jahren war ich allein. Sogar wenn jemand bei mir war. Dann eigentlich noch mehr – dann habe ich das noch mehr gespürt, dieses komische Gefühl, dass da niemand ist außer mir, dass es irgendeine unsichtbare und nicht zu überwindende Grenze gibt zwischen mir und den anderen Menschen. Grenze ist vielleicht ein seltsames Wort dafür, aber mir fällt kein besseres ein. Vielleicht ist es eher ein Bannkreis, eine Zone um mich herum, in der einfach gar nichts ist und die niemand betreten kann. Ein leeres, dunkles, kreisrundes Garnichts. Ja, ich glaube, genau so fühlt sich's an.

Ich schätze, ich weiß, was Du nun denkst. Mit Dir war es anders, das war es wirklich. Ich wünschte, der Satz würde nicht so klingen, als hätte ich ihn schon hunderttausendmal gesagt, habe ich nämlich auch nicht. Mit Dir war alles anders, anders, anders. Ich denke, das hast Du auch gemerkt, dass Du mir immer viel näher warst als die anderen Leute, die ich getroffen habe. Vielleicht war das weniger, weil es diesen Bannkreis nicht mehr gab, wenn ich mit Dir zusammen war. Sondern eher, weil Du genau weißt, wie es ist, wenn man immer solch eine Leerstelle zwischen sich und der Welt spürt. Das wissen nicht viele. Schätze ich. Ich erzähle es Dir nur deshalb, weil ich denke, dass Du das nicht total albern findest und eine Ahnung hast, was ich meine, auch, wenn ich es nicht gut beschreiben kann.

Aber vielleicht täusche ich mich da auch. Du bist zwar ein eigenbrötlerischer Typ und gern mal eine Weile für Dich, aber ich glaube (und hoffe), dass Du nicht einsam bist, jedenfalls nicht so richtig. Ich weiß nur, wenn Du mich nicht verstehst, versteht mich keiner.

Manchmal hab' ich Angst, dass das hier nicht auf Dauer gut gehen kann und dass ich mir etwas vormache, wenn ich denke, ich könnte hier ein anderes Leben haben, eines, das mir in Berlin nicht möglich war. Als wäre diese Dunkelheit, die ich oft in mir gefühlt habe, immer noch die ganze Zeit bei mir. Als hätte ich das mitgenommen, wie man seinen Schatten mitnimmt. Aber ich will es wenigstens versuchen, und noch geht es gut. Ich merke nichts von der Leere, wenn ich hier bin, aber ich hab' sie nicht vergessen. Ob ich Deutschland vermisse, fragst Du Dich jetzt? Nein, überhaupt nicht. Ich glaube, das weißt Du auch. Ich habe keine Ahnung, wie Heimweh sich anfühlt oder was man meint, wenn man von Heimat spricht.

Ich hoffe sehr, dass es Dir gut geht. Bestimmt sieht Deine Wohnung noch genauso aus wie immer, oder? Meine hier ist viel kleiner als die in Berlin, aber ich möchte mich darüber wirklich nicht beschweren, schließlich sind hier ja alle Wohnungen klein, und ich habe nicht viele Sachen, die mir im Weg stehen könnten (ich hab' ein paar neue Kleidungsstücke gekauft, die ziemlich toll aussehen, aber das war's eigentlich auch schon). Um ehrlich zu sein, bin ich froh darüber. Wenn ich eine größere Wohnung hätte, würde sie entweder ganz leer aussehen oder ich müsste mir Möbel kaufen, die ich nicht wirklich brauche. Für mich ist die Wohnung perfekt. Man kann über dem Dach des Hauses gegenüber manchmal die Berge sehen, wenn das Licht gut ist. Nebenan wohnt noch immer meine Vermieterin, die mir ~~damals~~ letztes Jahr alles möbliert und blitzsauber überlassen hat. Sie kann sogar deutsch, aber ihren Akzent solltest Du mal hören, der würde Dir bestimmt gefallen. Sie hört immer einen französischen Radiosender mit viel klassischer Musik und Reportagen, ansonsten ist es sehr ruhig da, wo ich wohne.

Danke Dir übrigens für das tolle Buch mit dem Mond. Es liegt auf meinem Nachttisch. Ich bin noch nicht ganz durch, aber es ist wirklich sehr interessant. Bitte tu mir einen großen Gefallen, ja? Bitte erzähl mir nicht mehr, wenn Du jemanden hast. Das ist jetzt nicht mehr so wichtig. Aber wenn Du mir schreiben willst, dann schreib mir einfach. Ich würde mich ~~sehr~~ freuen.

Irene

4. Kyōto. Heute.

雨

Der Brief lag zwischen den Seiten von Claude Lévi-Strauss. Oben schaute ein Stück aus dem Buch heraus, so dass er nicht ganz verschwand; aber Irene hatte endgültig jedes Interesse an der »Anderen Seite des Mondes« verloren und ignorierte Buch und Brief ganz einfach zugleich. Wenn sie sich endlich dazu überwinden würde, es fortzuräumen, würde es im Staub auf ihrem Nachttisch einen sauberen Umriss hinterlassen, wie ein Nachbild. Das könnte sie womöglich auch endlich wieder zum Putzen bewegen.

Auch bei der Arbeit in den Hotelzimmern war sie in den zwei Wochen nach der Ankunft des Briefes fahrig geworden, wischte nur noch halbherzig die Chromflächen und die Keramik, achtete nicht mehr so sehr darauf, welches Scheuermittel sie für welche Oberflächen verwendete, und die schwer erreichbaren Stellen machte sie nur noch dann und wann sauber, ganz nach Gefühl entschied sie, wann es dafür an der Zeit war und wann die versteckten Stellen noch ein wenig länger auf ihre Staubwedel und Mikrofaserlappen warten konnten. Sie versuchte zwar, Toilettenpapier, Seifen, Zahnputzsets und Einmalrasierer immer wieder nachzufüllen, aber sie hatte nicht das Gefühl, dabei besonders gewissenhaft vorzugehen. Fenster wischte sie auch nicht mehr gern und verzichtete meist darauf, wenn nicht gerade jemand seine Nase an der Scheibe plattgedrückt hatte. Der Großteil der Nasenabdrücke war von Kindern, sodass sie sich etwa auf Hüfthöhe befanden oder knapp darüber. Wo die Erwachsenen sie nicht sahen, brauchte sie sie auch nicht wegzuwischen, beschloss sie, und für Kinder, die ganz penibel auf Sauberkeit achteten und sich sogar an ihren eigenen Nasenabdrücken störten, wollte sie sich nun wirklich nicht kaputtschuften. Die Versuchung, sich statt der ewigen Saugerei einfach für ein paar Minuten auf ein frisch bezogenes Bett zu legen und die Augen zuzumachen, war immer größer geworden, und einmal hatte sie es dann einfach gemacht. Hinterher hatte sie das Kissen, die Überdecke und ihr Haar glatt gestrichen, und niemand hatte etwas bemerkt. Die Tür mussten sie beim Herrichten der Zimmer einen Spalt breit offen lassen, aber ausgerechnet das Bett lag im toten Winkel. Ihre Schichten verlängerten sich nicht und verkürzten sich auch nicht auffällig. Sie verbrachte genauso viel Zeit wie eh und je in den Zimmern, und man hätte sie sehr genau kontrollieren müssen, um festzustellen, dass ihre Gründlichkeit nachgelassen hatte. Zwischen einem lieblos geputzten Zimmer und einem blitzblanken gab es kaum einen sichtbaren Unterschied, eine Erkenntnis, die vermutlich auch die anderen Zimmermädchen längst hinter sich hatten.

Die Vorstellung, dass Hitomi, sie selbst und die anderen früher oder später durch Cyborgs ersetzt werden würden, machte ihr nichts aus. Es gab schon lange entsprechende Testreihen, und in Nagasaki sollte bald das erste Roboterhotel eröffnen. Schon jetzt konnten die Roboter fließend Japanisch und sehr gut mit ihren Testgästen kommunizieren. Natürlich konnten sie auch jede Menge anderer Sprachen, besonders Chinesisch und Englisch gehörten zum Standardrepertoire. Für einen Experten war es wahrscheinlich keine große Herausforderung, den Robotern die wichtigsten Dialoge beizubringen. Toshio hatte ihr halb auf Englisch, halb auf Japanisch davon erzählt und seine Ausführungen mit einem Zeitungsausschnitt belegt. Der Prototyp auf dem Foto hatte eine Art Silikonhaut, volle Lippen, förmliche, steife Kleidung und lange Haare. Irene hatte lange bezweifelt, dass die Cyborgfrau und ihre Kolleginnen auch fürs Putzen besser geeignet wären als menschliches Personal, aber mittlerweile war sie sich nicht mehr so sicher. Das Bild sah wie ein ganz normales Bewerbungsfoto aus, etwas leblos zwar, aber vor allem erweckte es auf eine Art Vertrauen, die wohl nur durch große Seriosität entstehen kann.

Irene lag auf ihrem Bett, schaute sich die Decke an und hörte ihrer Vermieterin beim Musikhören zu. Sie hatte am Tag nach dem Radiogeschenk eine Schachtel mit *taiyaki* vor der Tür gehabt, lächelnde Fische aus einer Art Pfannkuchenteig, die im Bauch eine süße Füllung aus Adzukibohnen hatten. An der Schleife war ein Kärtchen befestigt, auf dem ein schlichtes »Danke« stand. Die Schachtel stand auf der Küchenzeile, zwischen leeren und halbleeren *Bentō*-Boxen und Tassen, in denen Teereste zu hartnäckigen Rändern eingetrocknet waren, die sich vermutlich nie wieder wegspülen ließen. Hinter dem doppelten Fensterglas ging der Sommer spürbar zu Ende. Der Herbst war hier in Kyōto ganz besonders schön, aber es gelang ihr nicht, sich auf die feuerroten Ahornblätter zu freuen. In letzter Zeit fühlte sie vor allem Müdigkeit. Ihr Körper drückte sie in die Matratze hinein; der Singsang aus dem Radio kam eindeutig von außen.

Vor ihrem inneren Auge tauchte immer wieder das Bild von Diane auf, eines, das in den vergangenen Tagen beständig lebendiger geworden war, bis Diane sich aus der Handschrift heraus schließlich ganz und gar zu einer erwachsenen Frau manifestiert hatte. Wie wenn man durch ein Fernglas blickt und erst einmal scharf stellen muss, ehe man mehr als verschwommene Schemen erkennt. Diane war von einer vagen Ahnung zu einer richtigen Persönlichkeit geworden. Sie hatte Ähnlichkeit mit den Frauen, die Timo ansonsten gefielen, aber nur wenig mit Irene selbst gemeinsam. Diane war sonnengebräunt und eher groß als klein. Ihre Haut hatte in den Sommerwochen eine sehr zurückhaltende, sanfte, aber sonnensatte Tönung bekommen. Dieselbe Sonne hatte ihre Haare etwas heller gemacht, so dass sie nun fast blond waren. Sie trug gut geschnittene Hosen und konnte auf hohen Schuhen laufen, ohne dass es ungelenk aussah. Sie hatte eine Umhängetasche aus weichem Leder für ihr MacBook, das nicht mehr das allerneuste Modell war. Außerdem hatte sie einen wichtigen und anspruchsvollen Job. Auf ihre Karriere legte sie keinen zu großen Wert, die Arbeit machte ihr einfach Spaß, und wenn ihr etwas Spaß machte, war sie ganz automatisch auch gut darin. Vielleicht arbeitete sie ja mit Künstlern zusammen, vielleicht vertrat sie sie als Agentin. Oder sie schrieb als Kritikerin für das Feuilleton. Timo ging hin und wieder gern zu Ausstellungen. Irene konnte sich gut vorstellen, wie die beiden einander kennengelernt hatten.

Diane hielt damals die Laudatio bei der Vernissage eines japanischen Fotografen. Sie redete, als hätte sie den Künstler bei seinem ganzen Leben begleitet, sprach von seiner Zeit in der Akademie, als habe sie neben ihm gestanden und aufgepasst und alles im Gedächtnis abgespeichert. Den Namen des Künstlers hatte sie im Vorhinein auszusprechen geübt, sodass die Betonung stimmte und sie nicht Gefahr lief, in ein peinliches Stottern zu verfallen. Er kam in ihrer Rede nicht als ein Herr Ta-, Herr Ta-, Herr Tanaka vor, sondern als souveräner Tanaka Yosuke, mit langem o und kurzem u und einem Vornamen, der erst nach dem Nachnamen kam. Ansonsten war es eine freie

Rede, lustig und klug, anekdotisch, mit viel Tiefe und ein paar mutigen, aber nie überheblichen Einschätzungen. Es war die beste Rede, die Timo seit langem gehört hatte, und es war still im Raum, als sie zu Ende war, einen Moment lang zumindest, anerkennende, bedeutsame Stille. Dann kam der Applaus und die Zeit, die stillgestanden war, während Diane gesprochen hatte, ging auch weiter. Er schenkte sich ein Glas Rotwein ein, als die dafür zuständige Galeriemitarbeiterin gerade anderweitig beschäftigt war, bis unter den Rand. Dann noch eins, diesmal nur bis zur Hälfte. Als auch das zweite Glas leer war, ging er zu ihr und fragte sie nach dem Fotografen aus. Sie wusste unheimlich viel über Kunst, aber nicht viel von Japan. Bei ihm war es umgekehrt. Sie tranken noch mehr Wein. Als alle Gäste gegangen waren und die Besitzerin der Galerie erst ganz zurückhaltend und schließlich demonstrativ um sie herum aufräumte, nahmen sie noch eine Flasche und zwei Gläser mit und machten sich aus dem Staub; Diane hatte ganz beiläufig die Schuhe ausgezogen und war plötzlich zehn Zentimeter kleiner. Sie hatten sich am Paul-Lincke-Ufer ans Wasser gesetzt, Diane hatte den Kunststoffkorken mit ihrem Wohnungsschlüssel und viel Mühe in die Flasche gedrückt. Sie konnte beim Erzählen lachen und wirkte eher berauscht als betrunken. Timo war beides. Irgendwann ging die Sonne auf, und was zwischen der Vernissage und heute geschehen war, daran erinnerte er sich gern, aber nur bruchstückhaft. Sie waren einfach nach Hause gegangen, jeder für sich; die Gläser ließen sie nebeneinander am Ufer stehen, genau wie die Flasche mit dem Korken darin. Er hatte anstandshalber einen Tag verstreichen lassen, ehe er sie anrief und ihr sagte, dass er nach dieser Nacht nicht nur müde und zugleich aufgewühlt von ihrem Gespräch gewesen war, sondern noch dazu richtig glücklich, und dass er sich selbst darüber wunderte. Er lud sie dann zum Essen in seine Wohnung ein, kochen konnte er – dabei musste er sie schon gar nicht mehr beeindrucken, sie war ja längst und heftig verliebt.

Am Anfang hatte sie Diane noch gut fortscheuchen können, sie brauchte nur einen einfachen Trick anzuwenden. Jedes Mal, wenn Diane daherkam, dachte sie an die Fischer auf Grönland. Sie stellte sich zu ihnen ans Deck, wenn sie die Netze einholten. Die Gischt machte ihnen die Gesichter nass und salzig. Das Meer grollte, die Fischer grollten, das Boot schwankte hilflos und schwer auf den Wellen. Irenes Haare waren vom Wind zerzaust und ebenfalls nass und salzig, sie atmete das Meer ein, es war überall, ihre Kleidung war schon klamm und steif geworden, schließlich hatte sie kein Ölzeug, nur die blaue Regenjacke, und die war für ein solches Klima nicht gemacht. Von der Kälte ganz zu schweigen. Die Kälte machte ihr die Finger steif, sie konnte nur hoffen, dass sie sich fest genug an der Reling hielten. In dieser Umgebung war kein Platz für Diane, das war kein Ort für sie.

Sich derart zu konzentrieren, wurde immer schwerer für Irene. Sie schaffte es schon bald nur noch mit Mühe an Deck, und sie konnte nie lang dort bei den Fischern bleiben. Ein paar Tage nach Ankunft des Briefes war sie ins Kaufhaus gegangen und hatte einen Tiegel Creme für ihre Fischerinnenhände gekauft. Um den Effekt zu verstärken, um den Fischern noch näher zu sein. Die Verkäuferin hatte sie nicht wiedererkannt und ihr noch mal haargenau das Gleiche über ihre Produktlinie erzählt. Irene empfand das als Bestätigung: Sie hatte sich nicht verhört, als es um Grönland und die Fischer ging.

Sobald ihr Diane in den Sinn kam, roch sie an ihrem Handrücken: Ein besseres Ritual zum Austreiben von Geistern konnte es nicht geben. Diese Nebenwirkung der Creme machte den hohen Preis leicht wieder wett. Vielleicht waren selbst Keira und Nicole schon dahintergekommen und deshalb so treue Kundinnen, dass sie sich sogar für Werbezwecke vereinnahmen ließen. Die Wirkung der Geisteraustreibung nahm allerdings mit jedem Tag ab. Diane ließ sich kaum mehr davon beeindrucken und lauerte ihr mittlerweile überall auf, in den unpassendsten Momenten, ohne Rücksicht tauchte sie plötzlich in der U-Bahn auf, im Waggon gleich hinter Irenes, und sah ihr durch das Fenster im Durchgang bei der Heimfahrt zu. Selbst in einem der Hotelzimmer hatte sie gestanden, im Bad. Irene hatte es nicht sauber gemacht und Diane dort stehen lassen. Es hatte keinen Ärger gegeben, vermutlich hatte der Gast einfach nicht bemerkt, dass sein Bad nicht geputzt worden war.

Sie fragte sich, ob Timo mit ihr schon mal in Japan gewesen war, ob sie *ramen* mochte oder *mitarashi dango* und ob ihr von der Traubenlimonade auch schlecht wurde und sie sie trotzdem immer wieder kaufte. Möglicherweise waren sie gerade jetzt hier in Kyōto und spazierten durch die Nishiki-Markthalle, wo Diane tapfer alles ausprobieren würde, was Timo ihr empfahl, die ganzen winzigen Tintenfische und das sauer eingelegte Gemüse. Zu dieser Jahreszeit ging für Timo meist die Arbeit wieder los, nachdem im Hochsommer wenig zu tun war, und außerdem war er nie nach Japan gekommen, wenn er nicht beruflich hier zu tun hatte. Es war also vollkommen unwahrscheinlich, dass er gerade jetzt hier war, aber es passierte so viel vollkommen Unwahrscheinliches, dass Irene sich am liebsten auf gar nichts mehr verlassen mochte.

5. Berlin. Früher.

Der Atem der Frau streifte Irene am Hals. Sie atmete leicht und gleichmäßig, kaum hörbar, kaum spürbar, das war das Schlimmste. Hätte sie laut geschnauft oder wenigstens etwas deutlicher gegen ihre Haut geatmet, hätte Irene sich viel weniger an ihrer Anwesenheit gestört. Dann hätte sie sich vielleicht einfach weggedreht oder die Frau beiseitegeschoben. Aber wer so atmete, hatte einen leichten Schlaf, und leichten Schläfern konnte man sich nicht einfach davonstehlen.

Sie lagen ohne Decke auf dem Bett. Die Frau konnte nicht wissen, dass Irene selbst im Sommer nie ohne Decke oder wenigstens ein Laken, in das sie sich einhüllen konnte, schlief. Sie hätte allerdings ruhig fragen können, ob sie noch etwas brauchte, vielleicht hätte Irene sich dann getraut, darum zu bitten. Stattdessen hatte die Frau sich einfach von ihrem leichten, unhöflichen Schlaf forttragen lassen, da hatte Irenes Hand gerade erst von ihr abgelassen, noch warm und feucht von der Hand der Frau, die sich in ihrer festgeschlungen hatte. Wie im Fieber hatte Irene sich gefühlt, als sie die fremde Haut berührt und gestreichelt hatte, die halbe Nacht lang, geduldig, zart, ohne etwas zurückzufordern, ohne etwas zu verlangen. Als wäre ihr das schon genug, so eine fiebrige und zarte Sommernacht. Was genau sie sich von der Frau erhofft hatte, war Irene nicht bewusst, sie hatte einfach mitgespielt, als sie ihr nach einem kurzen Flirt ein Treffen in ihrer Wohnung vorgeschlagen hatte. Nichts in Irene schien je Widerstand zu leisten. Dabei hätte sie längst wissen müssen, dass man sich nirgends so allein fühlt wie in einer fremden Wohnung neben einer schlafenden Person. Beim nächsten Mal, nahm sie sich vor, würde sie einfach sagen, dass sie lieber nach Hause wolle, und dann auch wirklich gehen. Das hatte sie sich auch beim letzten Mal schon gedacht und daraufhin sofort vergessen. Die Frau hatte eine Flasche Wein geöffnet, zwei Gläser fehlten schon, als Irene ankam. Sie hatte einen Brotkorb auf den Tisch gestellt und Antipasti angerichtet, die den ganzen Abend lang nicht angerührt wurden. Der Geruch von getrockneten Tomaten, Oliven und Artischocken drang vom Wohnzimmer aus herüber, so zurückhaltend, dass man ihn nur wahrnehmen konnte, wenn man sich darauf konzentrierte, und ihn dann nicht mehr aus der Nase bekam. Irene hatte die Art von Hunger, die sich nicht einfach ignorieren und wegschlafen ließ.

Es fühlte sich rundum falsch an, so nackt auf der Matratze zu liegen. Als setzte sie sich damit einer großen Gefahr aus, als sei sie schutzlos gegenüber einer unbestimmten, formlosen Bedrohung, die es bei Tag nicht gab, die bei Tag nicht einmal vorstellbar wäre. Irene fand das selbst kindisch, wusste aber, dass sie kaum etwas gegen dieses Gefühl ausrichten konnte, schon gar nicht von einem Moment auf den anderen. Je mehr sie sich einredete, dass sie genau wie jeder andere Mensch auch ohne Decke schlafen konnte, desto wacher wurde sie. Sie ahnte, dass es eine lange Nacht werden würde, wenn sie hier liegen bleiben und auf den Morgen warten würde. Es konnte nicht viel später als drei Uhr früh sein, und der Gedanke, bleiben zu müssen, bis die Frau irgendwann von allein wach würde, machte sie unerträglich nervös. Vielleicht war die andere eine Langschläferin. Eine Lang- und Leichtschläferin, die schlimmste Kombination, die man sich vorstellen konnte. Irene ließ es darauf ankommen. Wenn sie wollte, konnte sie sich wie eine Katze bewegen, leicht und leise. Die Hitze machte es einfacher, sie brauchte sich nur das Kleid überzustreifen, den Rest konnte sie im Hausflur anziehen. Die Schuhe schnüren und nichts wie raus.

Sie fragte sich, wie die Frau am nächsten Morgen sicher sein könnte, dass sie sie nicht geträumt hatte. Irene hinterließ keine Spuren in ihrer Wohnung, ließ nichts zurück außer einem Kopfabdruck auf dem Kissen, auf dem sie nicht schlafen konnte, und selbst der wäre schon verschwunden, wenn die Frau aufwachen würde. Ein paar Falten im Laken ließ sie ihr da, vielleicht ein Haar, eine Ahnung von dem Parfum, dass sie Stunden zuvor aufgetragen und das sich längst irgendwo in der Nacht verloren hatte.

Sie stand schon auf dem Flur, als sie mit stummen, entschlossenen Schritten noch mal umkehrte und sich im Wohnzimmer ein großes Stück Fladenbrot nahm. Sie zog die Wohnungstür so langsam hinter sich zu, wie sie nur konnte, ohne Schnappen und Klacken, setzte sich auf die erste Treppenstufe, gleich neben der fremden Wohnung. Schlüpfte in ihre Schuhe und ließ ihren vor lauter Müdigkeit schweren Körper dort in sich zusammensinken. Im Hausflur standen Pflanzen mit großen, sattgrünen Blättern, die dem ohnehin beeindruckend gut erhaltenen Altbau eine fast schon herrschaftliche Aura verliehen. Irene fragte sich, ob die Frau sie dort selbst aufgestellt hatte und sich um die Pflanzen kümmerte. Im Innern der Wohnung hatte sie keine gesehen, aber das musste nicht heißen, dass sie nicht dagewesen waren; sie hatte sich nicht weiter umgeschaut und konnte sich schon jetzt an nichts erinnern, von ein paar Worten abgesehen, die sie gewechselt hatten, und von den Augen der Frau, die groß und offen und liebenswert waren und nicht recht zu ihrem Wesen zu passen schienen.

Irene dachte kurz darüber nach, eine Notiz im Briefkasten zu hinterlassen oder einen Zettel unter der Wohnungstür durchzuschieben. Um die Frau wissen zu lassen, dass sie tatsächlich dagewesen war, dass es sie gab. Dass sie kein Traum war und keine Einbildung, sondern nur jemand, der keine große Lust zu bleiben hatte. Wahrscheinlich wäre ihre Nachricht unhöflicher ausgefallen, als ihr lieb war, und sie konnte sich nicht erklären, weshalb es ihr einfach nicht gelang, freundlich an die Frau zu denken. Sie ließ das mit dem Zettel bleiben. Der Heimweg war weit, und sie hatte keine Ahnung, welche Nachtbusse in dieser Ecke Berlins fuhren. Am liebsten wäre sie auf ihrer Treppenstufe sitzen geblieben, aber während sie noch darüber nachdachte, wie sie nach Hause kommen sollte, war sie schon längst auf dem Weg nach unten. Das Fladenbrot war zäh und trocken. Sie legte es auf dem Weg nach Hause auf einer Bank bei einer verwaisten Tramstation ab und hoffte, dass sich eine Taube darüber freuen würde. Oder eine Ratte. Hinter dem Haltestellenhäuschen lag eine verwilderte Brache, das Gebüsch war so hoch wie sie, und kein Licht fiel auf das Grundstück, alles Mögliche konnte dort im Dickicht leben.

6. Kyōto. Heute.

雨

Der Herbst kam dieses Jahr nur zögerlich über die Schwelle. Man konnte ihn noch immer kaum erahnen, dabei war das Jahr schon weit fortgeschritten. Irene hätte diese ersten, zurückhaltenden Herbstvorzeichen nicht mitbekommen, hätte sie nicht an diesem Tag die ersten bunt gefärbten Blätter von den Teppichen gesaugt. Normalerweise waren die Jahreszeiten in Japan spürbarer, wechselten sich in aller Deutlichkeit ab, mit Temperaturstürzen, plötzlichen Schneefällen oder einer Sommerhitze, die für Irene ohne Vorwarnung von einem Tag auf den anderen kamen, aber von den Einheimischen mit Festen und Zeremonien begrüßt wurden.

Kyōto glich sich selbst nicht; man konnte sich zur einen Jahreszeit jede Straße, jeden Park einprägen und sich kurze Zeit später in einer Stadt befinden, die einem kein Stück bekannt vorkam. Auch Berlin sah zu unterschiedlichen Zeiten des Jahres unterschiedlich aus, aber es veränderte sich ja ohnehin permanent, und andere Dinge trugen viel mehr dazu bei als der Wechsel von Sommer zu Herbst und von Herbst zu Winter. Kyōto dagegen wandelte sich so sehr im Einklang mit dem Kalender, dass alle anderen Veränderungen einem im Vergleich unwichtig erschienen. Als wäre Kyōto jemand mit vier Kleidern im Schrank, die nichts miteinander gemein hatten, außer dass sie die Stadt eines wie das andere von seiner schönsten Seite zeigten.

Ein Ahornblatt war im Teppich hängen geblieben, sie hob es auf und warf es in den Müllsack, der gähnend an ihrem Putzwagen hing. Selbst der Staubsauger schien keine Lust mehr auf seine Arbeit zu haben, nur widerwillig ließ er sich über den dicken Flor schieben und ließ hier und da Schmutz zurück, sodass Irene entweder noch mal drübersaugen musste oder den Dreck mit der Schuhspitze tiefer ins Gewebe rieb. Die beiden Verfahren waren gleich effizient, überhaupt konnte man Dreck auch einfach unsichtbar machen, wenn man ihn nur gut genug verteilte. Trotz solcher Tricks brauchte Irene mehr Kraft für die Arbeit, seit sie ihr keinen Spaß mehr machte; nach der Schicht schmerzte ihr das Handgelenk vom ewigen Geschiebe und Gewische. Jetzt spürte sie die Arbeit von gestern in ihren Gelenken; drei Tage noch putzen, ehe sie und ihre Knochen das nächste Mal einen Tag Pause hatten. Wenigstens war sie Diane heute noch nicht begegnet.

Sie ließ sich in einen Sessel sinken; der Staubsauger stand neben ihr und brummte weiter. Nur einen Augenblick. Wer in diesem Zimmer wohnte, hatte den Sessel so herumgedreht, dass er oder sie nach draußen über die Dächer hinweg bis in die Berge schauen konnte. Standardmäßig zeigten die Sessel ins Zimmer hinein, das war Vorschrift, damit die frisch angereisten Gäste nicht von einer Rückenlehne begrüßt wurden und das Zimmer offener, größer, einladender aussah. Wurde ein Abreisezimmer nach dem Auschecken für den nächsten Gast hergerichtet, mussten die meisten Sessel wieder umgedreht werden; früher oder später kam jeder dahinter, dass das Panorama über die Stadt zwar nicht atemberaubend war, aber immer noch besser als der Blick auf die sandfarbene Tapete und die Lithografien an den Wänden. Man verstand nicht immer sofort, was sich die Manager und die Innenarchitekten, die Raumausstatter und die Hotelfachangestellten bei ihren Entscheidungen dachten. Klar wollten sie, dass die Gäste sich wohlfühlten, im besten Fall sprang dann ein positives Urteil bei einer wichtigen Hotelbewertungsplattform heraus, oder sie hatten einen Gast gewonnen, der immer wieder hierher zurückkam. Irene war sich allerdings nicht sicher, ob alles, was die Gewinne des Konzerns erhöhte, auch gleichzeitig für den einzelnen Gast so etwas wie einen Glücksgewinn bedeutete. Manche schauten gerne in die Berge, andere auf die Wand, wieder andere in den Fernseher. Ein Zimmer, das alle gleich glücklich machte, konnte es nicht geben. Wer der Durchschnittsmensch war, für den das Hotel Kikka seine Räume herrichtete, war Irene ein Rätsel, aber wahrscheinlich war sie genau diesem Durchschnittsmenschen schon oft genug auf dem Flur begegnet und hatte ihn einfach nicht erkannt. Den Mustergast schien es jedenfalls zu geben, das Hotel schrieb schwarze Zahlen, Jahr für Jahr ein bisschen mehr Gewinn.

Der Kyōto Tower ragte direkt vor dem Hotel auf und verstellte Irene ein gutes Stück ihres Weitblicks. Nur ein kleiner Busbahnhof und eine befahrene Straße lagen zwischen Hotel und Turm. Irene war der Kyōto Tower nie sehr eindrucksvoll vorgekommen, aber nun schien er noch weiter geschrumpft, noch hässlicher geworden zu sein, noch älter und trister. Sie erinnerte sich daran, dass ein Schriftsteller angeblich jeden Tag im Eiffelturm zu Mittag gegessen hatte, aber nur, weil das der einzige Ort in ganz Paris war, von dem er den Eiffelturm nicht sehen konnte. Das jedenfalls hatte sie in einem Buch gelesen und lange darüber nachgedacht, was dieses absichtliche Annähern an einen Ort, den man viel lieber meiden würde, zu bedeuten hatte. Ob sie auch auf diese Idee gekommen wäre, ob der Schriftsteller einem Trugschluss aufgesessen war und ob er sich das eher der Geschichte wegen ausgedacht hatte und nicht, um dem Eiffelturm tatsächlich auszukommen. Noch dazu war die Erzählerin des Romans vollkommen unzuverlässig, auch wenn Irene ihr am liebsten jedes Wort geglaubt hätte. Aber obwohl es jede Menge Gründe gab, an der Eiffelturmgeschichte zu zweifeln, mochte Irene sie und freute sich, dass sie ihr an einem so trüben Tag wieder einfiel. Das Auge kann das Auge nicht sehen, sagen die Zen-Buddhisten. An dieser Einsicht war nicht zu rütteln. Sie schaute sich die Leute an, die die Straße überquerten, in Taxis stiegen und auf Busse warteten. Natürlich waren viele Touristen unterwegs, am Bahnhof musste man beinah immer vorbei, egal ob man zum Flughafen wollte oder einen Ausflug nach Nara zu den Tempelanlagen machte. Ganz sicher wohnten ein paar der Leute, die sie vom Fenster aus sah, hier im Hotel. Irene erschrak, als jemand nach oben schaute, den Kopf in den Nacken legte. Mit seinem Blick kletterte der Mann die Fassade entlang und geradewegs zu ihrem Fenster hinauf. Vielleicht war es sein Zimmer, vielleicht hatte er sich hier für teures Geld eingemietet und damit eine Privatsphäre auf Zeit erworben, die nur in bestimmten Fällen und unter äußerster Diskretion gestört werden durfte. Für einen Moment fiel Irene wieder ein, was sie durfte und was nicht. Sie sprang vom Sessel auf, schnappte sich den Staubsauger. Nichts zu spüren von Gelenkschmerzen oder Müdigkeit. In ihrem alten Tempo und mit fast der gleichen Gründlichkeit richteten ihre Arme das Zimmer her, füllten Toilettenpapier und Seifen auf, knickten die Kissen in eine dekorative Form und entstaubten ganz zum Schluss noch schnell den Sessel und klopften die Falten aus dem Polster, dass auch ja nichts auf ihre Ruhepause hindeutete. Gewissenhaft sammelte sie die Putzutensilien wieder auf, und als am Ende die Tür ins Schloss fiel, war es, als hätte Irene nie einen Fuß in das Zimmer gesetzt, nur schöner und sauberer.

Auf dem Flur kam ihr eine Frau entgegen. Sie sah aus, als käme sie gerade von einem ausgedehnten Frühstückstermin mit wichtigen Leuten, denen sie Geld für ein gemeinnütziges Bauvorhaben oder eine Wohltätigkeitsveranstaltung entlocken wollte. Elegant, aber seriös. Sie war allerdings schon lange Gast im Hotel und sah jedes Mal so aus, wenn Irene ihr begegnete. Vielleicht hatte sie öfter wichtige Verabredungen, vielleicht war ihr Auftritt als Charity-Lady auch nur eine besonders gelungene Verkleidung. Den Mustergast jedenfalls stellte Irene sich ganz anders vor. Die wenigsten Gäste erwiderten Irenes Grußformeln, die Frau wünschte ihr jedes Mal mit einem leisen britischen Akzent und einem ebenso leisen Lächeln einen guten Morgen. Auch diesmal grüßte sie zurück, aber ihr Blick schien plötzlich etwas anderes in Irene zu erkennen als bloß einen höflichen Hausgeist, der für Sauberkeit und Ordnung sorgte. Das Lächeln brach auseinander und darunter zeigte sich etwas Besorgtes, Beunruhigtes. Die Frau war schon an Irene vorbeigegangen, da drehte sie sich noch einmal um und fragte: »Are you okay?« Irene nickte heftig. Ihr »Sure!« kam schnell, souverän, vielleicht etwas zu laut. Danach sagte sie eine Serie Höflichkeitsfloskeln auf Englisch auf, die deutlich machten, dass die Frau vollkommen unbesorgt sein konnte. Die Frau wünschte ihr einen guten Tag und verschwand in Zimmer 0955. Ein Einzelzimmer mit demselben Bergpanorama wie alle anderen Zimmer, die zu dieser Seite hinausgingen. Irene hatte heute von 0960 an aufwärts gearbeitet; sie hoffte, dass ihre Kollegin heute etwas gründlicher war als sie selbst und dass die Frau in ein blitzblank poliertes Zimmer heimkam.

Später, im Umkleideraum, suchte Irene im Spiegel nach etwas, das an ihrem Gesicht nicht okay aussah. Sie konnte nichts Ungewöhnliches erkennen. Je länger sie hinsah, desto normaler kam es ihr vor. Sie war schon auf dem

Weg nach draußen, als sie kehrtmachte und zu Toshio an die Rezeption ging, unauffällig darauf bedacht, dass kein Vorgesetzter sie in dem den Gästen und Portiers vorbehaltenen Teil des Gebäudes antraf. Selbst wenn, es wäre unwahrscheinlich, dass jemand aus der Chefetage in ihr ein Zimmermädchen sah. Die Arbeitskleidung abgelegt, waren sie alle nur noch schwer von den Gästen zu unterscheiden, erst recht an Orten, an denen man sie nicht erwartete. Toshio lächelte sie an. Er erkannte sie sofort.

»Hey, sag, in Zimmer 0955 wohnt eine Frau. Das ist eins von den größeren Einzelzimmern, Blick nach vorn hinaus.«

»Weiß schon. Was ist denn mit ihr?«

»Eigentlich gar nichts, ich wundere mich nur, dass sie so lange bleibt. Mir kommt es vor, als würde ich sie schon seit einer Ewigkeit immer wieder auf dem Flur sehen. Weißt du, wer das ist?«

Toshio tippte etwas in seine Tastatur, das komplizierter zu sein schien als nur die Zimmernummer.

»Also, der Name sagt mir nichts. Norwegischer Pass, Adresse in London, wollte unbedingt ein Zimmer mit Blick in die Ferne, sonst keine Sonderwünsche. Es kommt übrigens immer wieder mal vor, dass jemand richtig lang hierbleibt. Ist wahrscheinlich das Gleiche wie mit den Leuten, die sich mit dem Taxi von hier bis nach Tōkyō kutschieren lassen, dabei ist der Shinkansen schneller, billiger und bequemer. Rätselhaft, so was, aber nicht ungewöhnlich. Ich weiß nicht, wie sich die Leute das leisten können. Manche haben spezielle Deals mit der Geschäftsleitung oder kriegen Prozente, weil sie irgendwie zum Konzern gehören, aber die hier hat alles ganz normal gebucht. Festes Anreisedatum, Rückreise unbekannt. Solche Geschichten sind für uns immer etwas schwierig, wir müssen ja im Voraus planen, wie viele Zimmer belegt sind. Habe ihr das

Zimmer erst mal noch für zwei Wochen reserviert. Zwei Wochen! Sie kann natürlich jederzeit verlängern, und sie ist schon ewig hier. Sie hat kein Frühstück bestellt, aber dafür eine ziemlich lange Minibar-Rechnung. Die muss es wirklich haben. Außerdem scheint sie Whiskey und Erdnüsse zu mögen.«

Toshio riss die Augen auf, auf seiner Stirn tänzelten die Falten, und Irene kam ihre Arbeit plötzlich doch wieder ganz in Ordnung vor. Sie bedankte sich, und Toshio versank in dem Manga, das er im toten Winkel neben der Tastatur hielt, mit einer Miene, die aussah, als würde er gerade besonders konzentriert seiner Arbeit nachgehen. Wahrscheinlich, dachte Irene, müssen hier irgendwo Leute ziemlich harte Arbeit leisten, damit der Hotelbetrieb nicht komplett den Bach runtergeht. So wie sie als neues Zimmermädchen: permanent darauf bedacht, dass nicht einmal der penibelste Gast irgendetwas zu beanstanden hatte. Jedes Bedürfnis wurde vorhergesehen und erfüllt, noch ehe es geäußert werden konnte, sodass der Gast dabei den Eindruck bekam, dieses ganze Bohei sei vollkommen selbstverständlich und nicht der Rede wert. Vermutlich wurden gerade irgendwo im Keller neue Arbeitskleider ausgeteilt und neue Arbeitsverträge unterzeichnet, auf dass es immer einen Nachschub an Ahnungslosen gab. Arbeiterinnen, die noch nicht begriffen hatten, dass kein Mensch Staub auf Lampenschirmen und Gardinenstangen bemerkte oder den Unterschied zwischen einem lieblos und einem sorgsam geknickten Kissen.

7. Kyōto. Heute.

雨

Jede Silhouette, die konturlos an ihr vorbeirauschte, war Diane; alle, die sie aus dem Augenwinkel sah und die zu schnell vorübergegangen waren, um sich zu einer wirklichen Person zu manifestieren. Ganz Kyōto war voller Dianes. Da war eine mit schönen langen Haaren und Stadtplan in der Hand, die sich umdrehte und die Straßenseite wechselte, als Irenes Augen sie gerade zu fassen bekamen; eine, die sich nicht als männlich oder weiblich ausmachen ließ und ihrem Blick auf den Stiegen zur U-Bahn hinab verloren ging; eine, die auf dem Fahrrad durch Nakagyō-ku raste, als wäre auch hinter ihr jemand her, sodass Irene nur ihren Rücken erkennen konnte. Mit einem schwarzen Rucksack aus einem groben Stoff, der möglicherweise zu Diane passte, und einer Ballonmütze aus Tweed. Diane war unter jeder Mütze und steckte in jedem vorüberwehenden Kleid. Die einzige Zeit, in der Irene vor ihr sicher sein konnte, war, wenn noch andere Leute bei ihr waren, solche, die von Diane keine Ahnung hatten. Sie ließ sich Zeit beim Umziehen im Hotel, versuchte die anderen Zimmermädchen in belanglose Gespräche zu verwickeln und hoffte auf Hitomi. Hitomi kam nicht, dafür lernte und vergaß sie ein paar neue Namen. Die meisten sahen zu, dass sie nach der Arbeit schnell heimkamen und ließen sich nicht von Irenes Gestotter davon abbringen. Manchmal blieb jemand höflich sitzen, bis Irene nichts mehr einfiel, worüber sie mit fremden

Leuten sprechen konnte, und nutzte die erste Redepause für eine förmliche Verabschiedung.

Irene stand an der Ampel und sah sich die Dianes an, die sich durch die entlegensten Winkel ihres Sichtfeldes bewegten. Ganz von allein suchte ihre Hand schon in der Umhängetasche nach der Creme, dabei waren die grönländischen Fischer schon lange machtlos gegen die immer größer werdende Armee von Timofreundinnen. Als sie wieder aufsah, die Cremedose endlich gefunden, stand der Mann neben ihr, als hätte er immer schon dort gestanden.

»Vergiss es«, sagte er. »Ein Hirngespinst mit einem anderen austreiben, das geht nicht. Du machst einen etwas zerstreuten Eindruck, wenn ich mir das erlauben darf. Kommst du mit, einen Kaffee trinken? Ich glaube, wir sollten mal reden.«

»Aber nicht ins Pub.«

Irene wusste nicht, weshalb sie nie ein richtiges Nein hinbekam.

»Nicht ins Pub, keine Sorge. Ich weiß, wo es bessere Musik gibt.«

Er lachte, sein Gesicht öffnete sich. An einem Automaten kaufte er für sich und Irene eine warme Dose Kaffee, mit Milch und Zucker. Irene fragte sich, weshalb sie selbst immer wieder die gleichen Limonaden kaufte, CC-Lemon und Fanta Traube, während die Vorstellung von warmen Dosengetränken ihr so grundsätzlich verkehrt vorkam. Dabei war der Kaffee nicht einmal schlecht und selbst die Temperatur war genau richtig. Die Dose nicht zu heiß, der Kaffee nicht zu kalt. Kaum vorzustellen, wie viel Ingenieurskunst in diesen Automaten steckte. Sie tranken im Gehen, der Mann hatte ein gemächliches Tempo, hin und wieder blieb er grundlos ein paar Sekunden stehen. Ihr Spaziergang führte sie durch ruhige Wohngegenden, über schmale Gehwege, vorbei an kleinen Blumenläden oder Geschäften mit Lackwaren. Die Häuser hier waren klein und wirkten, als seien sie sich ihrer Ausmaße bewusst: Höflich und bescheiden ließen sie den Blick über ihre Dächer hinweg frei und überließen die Skyline den hohen Gebäuden weit hinter sich. Eigentlich befanden sie sich noch immer in der Innenstadt, aber der langsame Gang des Mannes und die unbekannten Gassen trugen dazu bei, dass es Irene vorkam, als seien sie schon weit weg von allem, was sie mit Downtown Kyōto verband. Vor einem *machiya*, das sich hinter wild wuchernden Grünpflanzen versteckte, blieb der Mann stehen, leerte seine Kaffeedose, nahm Irene auch ihre aus der Hand und warf sie in einen gelben Mülleimer. Er hielt ihr die Tür auf, die sich irgendwo inmitten der riesigen Blätter versteckte. Das Holzhaus wirkte von innen viel geräumiger als von außen. Drinnen war ein Café. An der Espressomaschine stand ein junger Mann, schäumte Milch auf und schob seine Brille nach oben, als er zu Irene und dem Mann aufsah. Aus seinem weißen Shirt wuchsen zwei dünne Arme, und wenn er den Siebträger in die Kaffeemaschine drehte, sah man gleich unter der Haut seine Muskeln und Sehnen. Das Café hatte ein Zwischengeschoss; der Mann ging geradewegs die schmale Treppe nach oben, ohne nach links und rechts zu schauen, und steuerte auf einen Platz in der hintersten Ecke zu. Als sie saßen, tauchte hinter Irene eine Kellnerin mit einer einzigen Speisekarte auf Englisch in der Hand auf. Sie trug ebenfalls ein weißes Shirt. Im Bücherregal standen bonbonfarbene Lautsprecherboxen, aus denen die Beatles klangen. Ein Tisch am anderen Ende war noch besetzt; dort war jemand derart in seinem MacBook verloren gegangen, dass Irene und der Mann nicht von fremden Blicken gestört wurden, ihrerseits aber ein vollständiges Panorama hatten. Von hier oben konnte man den anderen Gästen in die Kaffeetassen schauen und, wenn man gut genug Japanisch konnte, zumindest die Überschriften in ihren Zeitungen und Magazinen mitlesen. Der Mann schaute Irene an, als erwarte er ein Lob.

»Echt schön hier«, sagte sie schnell, »und einen super Platz hast du uns ausgesucht.« Es war vollkommen ehrlich gemeint. Der Mann schob ihr die Speisekarte zu, er selbst schien nicht daran interessiert. »Café Bibliotic HELLO!« stand auf der Vorderseite. Irene bestellte ein Avocadosandwich und ein großes Glas Mineralwasser, der Mann bekam einen Milchkaffee. Das Leitungswasser, das dazu serviert wurde, bot er Irene an. Sie trank es in einem Zug. In letzter Zeit brauchte sie viel Wasser, das war neu. Der Durst war überwältigend. Im Hotel hing sie manchmal mitten im Bad eines Gastes über dem Waschbecken, das Wasser rann über das Gesicht, weil sie für ihren Durst nicht schnell genug schlucken konnte. Nachts wachte sie auf und ihre Hand griff, noch wie im Traum, nach dem Glas neben dem Bett. Auf dem Heimweg kaufte sie manchmal eine große Flasche San Pellegrino in einem der 7-Eleven-Läden und leerte sie, noch ehe sie in ihre Straße einbog.

Der Mann zog eine Augenbraue hoch und sah sie an mit diesem Blick, dem nicht die kleinste Veränderung entging. Der Irene keine Geheimnisse ließ. Sie wusste, er würde gleich zu reden anfangen. Sie biss in ihr Sandwich und schaute an dem Mann vorbei ins Buchregal.

»Du wirkst unruhig. Und ziemlich angespannt. Läuft es nicht gut bei der Arbeit? Belastet dich etwas? Hast du Angst?«

»Du stellst solche Fragen immer, als seien sic total leicht zu beantworten.«

»Und du tust immer so, als sei es total okay, den schwierigen Fragen immer nur auszuweichen.«

Die Ruhe in seiner Stimme machte Irene wahnsinnig, sein geduldiger Blick, wie er da in seinem Sessel saß, als sei er fest in der Welt verwurzelt.

»Wie kommst du darauf, dass es nicht gut läuft bei der Arbeit? Was soll das heißen? Ich bin die Superangestellte, das Zimmermädchen des Jahrhunderts. Ich steh' immer pünktlich auf der Matte, ich war nicht einen Tag krankgeschrieben, mache sogar Extraschichten, wenn jemand ausfällt, und beschwert hat sich auch noch nie jemand. Noch nie. In mehr als einem Jahr! Ich weiß nicht mal, wie krankschreiben funktioniert. Aber wenn du der Ansicht bist, ich sollte lieber was anderes machen, zurück in den Hörsaal und weiterstudieren, dann muss ich dich enttäuschen. Im nächsten Leben setze ich mir vielleicht andere Karriereziele und fange am besten schon in der Grundschule damit an, mir ein Thema für die Doktorarbeit zu suchen, damit ich auch ja mit dreiundzwanzig CEO bei irgendeiner Aktiengesellschaft bin, und auf dem Weg in mein Büro bringe ich noch meine drei Kinder zum Chinesischunterricht und den Hund zum Psychoanalytiker. Bis dahin mache ich unglaublich gerne noch ein paar Zimmer sauber. Für Leute wie dich, übrigens.«

Irene fand den Mann so unverschämt, dass es gar nicht infrage kam, ihm recht zu geben. Besonders glücklich war sie nicht mit ihrer Arbeit. Natürlich belastete sie etwas. Vielleicht hatte sie sogar tatsächlich hin und wieder Angst. Er war kein bisschen beeindruckt von dem rasanten Wechsel ihrer Stimmung. Irene schreckte vor sich selbst zurück, vor dem Tonfall, den ihre Stimme plötzlich bekommen hatte.

»Okay, okay.«

Der Mann machte eine beredte Pause und ließ Irenes Wut im Raum verhallen.

»Weißt du, ich bin jetzt seit über ein Jahr hier. Das ist eigentlich ziemlich lang, vor allem wenn man bedenkt, dass mir wahrscheinlich niemand abgenommen hat, dass ich wirklich bleiben will. Aber ich habe noch nichts gesehen von Japan. Woanders als in Kyōto bin ich nie gewesen. Ich finde, es ist vollkommen in Ordnung, wenn man hin und wieder keine Lust zu arbeiten hat. Sogar ausgewachsene Existenzkrisen sind ganz normal, denkst du nicht? Vielleicht solltest du dir lieber um die Leute Gedanken machen, die nach so langer Zeit immer noch jeden Tag mit derselben Euphorie Betten machen und Spiegel wischen. Ich habe keine Ahnung, ob ich das in zwei Jahren immer noch machen will. Oder in zehn. Ich weiß nicht mal, ob ich's morgen noch machen will, um ehrlich zu sein.«

Er kräuselte die Stirn und ließ sie reden. Sie ließ ihren Blick an einen Bildband im Buchregal schräg hinter dem Mann kleben, »Top 100 Record Covers from the 1970s«.

»Und dann ist da noch die Sache mit Timos Freundin. Ich meine. Ganz im Ernst. Denkst du nicht, dass du's vielleicht ein kleines bisschen übertreibst?«

Das Herz schlug ihr gegen den Brustkorb. Sie hoffte, er würde den Namen nicht aussprechen. Diane. Wenn er es sagen würde, würde sie geradewegs in den Himmel stürzen. Sie spürte, wie ihre Finger sich an der Tischplatte festhielten. Zwischen den Augen des Mannes hatten sich zwei Linien gebildet, als wollten sie den Ernst der Lage doppelt unterstreichen.

»Ehrlich, ich mache mir Sorgen um dich, das ist alles. Aber ich habe keine Ahnung, wie ich dir helfen kann.«

»Das brauchst du auch nicht. Weder musst du dir meinetwegen Sorgen machen noch brauche ich Hilfe.«

»Ganz wie du meinst, Irene. Ich wollte dich nicht verletzen. Bitte bleib einfach. Okay?«

Irene schwieg und fühlte die Wut aus ihrem Körper rauschen. Sie konnte ihn nicht mehr ansehen, das war immer so, wenn sie mit jemandem stritt. Es war ihr unmöglich, sein Gesicht zu betrachten oder gar seinen Blick zu erwidern. Sie versuchte es, ihre Augen gehorchten ihr nicht. Umgekehrt schien das anders zu sein. Aus dem Augenwinkel sah sie, wie er ihr zugewandt war, sein sorgenvoller Blick tastete ihr Gesicht ab. Als suche er nach Beweisen dafür, dass Irene nicht okay war, dass sie Hilfe und Ratschläge brauchte, oder einfach jemanden, dem sie nicht vollends egal war. Sie fixierte eine der Pflanzen, die vor dem Fenster in die Höhe wuchsen. *Bleib einfach*, hallte es in ihr nach. Sie traute sich nicht zu fragen, was er gemeint hatte. Hier im Café oder hier in Kyōto oder bei ihm.

»Ist 'ne Banane«, sagte der Mann. Irenes Blick traf seinen, ehe sie etwas dagegen tun konnte, und ein Lächeln rutschte ihr heraus. Sie ärgerte sich nicht einmal, als er es sah und zurücklächelte. »Ein Bananenbaum, meine ich. Wäre nicht meine erste Wahl gewesen, wenn ich hier den Garten machen müsste, aber eigentlich ist es ganz schön so, mit diesen riesigen Blättern. Allerdings bin ich nicht sicher, ob die hier überhaupt Früchte tragen.«

Vielleicht spürte er, dass sein Gerede ihre Wut verschwinden ließ. Vielleicht hatte er auch kein Gespür für so etwas und redete einfach gern drauflos. Er wusste offensichtlich viel über Bananen und schweifte von einem Unterthema zum nächsten. Irene hörte ihm zu und stellte Fragen. Er freute sich und redete weiter. Nie gingen ihm die Worte aus. Als sie das Café verließen, waren die Schatten schon lang, und Irene hatte vergessen, weshalb der Mann ihr manchmal so ungeheuerlich vorkam.

Seine Verabschiedung kam plötzlich; sie hatte angenommen, dass sie noch ein Stück gemeinsam laufen würden, und sich fast darauf eingestellt, von ihm bis vor die Tür gebracht zu werden. Aber an der nächstbesten Straßenecke sagte er nur noch »also dann« und bog in die andere Richtung ab. Irene sah ihm nach. Einen Moment lang wusste nicht, wohin sie nun gehen sollte. Nachdem sie eine Weile so gestanden war – längst war der Mann zwischen anderen Leuten verschwunden –, machte sie sich auf den Weg nach Hause. Sie lief einen kleinen Umweg, so wie sie es gewohnt war, hier und da nicht ganz richtig abgebogen. Trotzdem stand sie viel schneller vor ihrem Haus, als sie gehofft hatte. Der Tag schien ihr noch endlos zu sein, sie ging so langsam wie möglich die Treppe hinauf. Oben angekommen, warf sie ihre Jacke aufs Bett, stieg aus den Schuhen und stand mitten im Zimmer, wie ein Roboter, der auf neue Befehle wartet und solange im Wartemodus ausharrt. Nebenan Musik, draußen hupte jemand. Sie riss das Fenster auf, sofort war es wieder still auf der Straße. Sie sah den Gardinen zu, wie sie im Wind zu dicken Bäuchen gebauscht wurden. Dann fing sie an, ihr ganzes Geschirr abzuspülen. Zwischendrin trocknete sie die Teller und Tassen ordentlich ab und stellte sie in den Schrank, aber als ihr auffiel, wie staubig all ihre Möbel waren, räumte sie erst mal alles aus und wischte die Schränke und die Besteckschublade aus. Zwischendrin beugte sie sich über den Wasserhahn und trank und trank, aber der Durst wollte nicht kleiner werden, egal wie viel Wasser sie in sich hineinschüttete. Dann putzte und wischte und spülte sie weiter. Die Musik nebenan war längst aus. Es wurde immer kühler in der Wohnung, seit die Sonne hinter den Bergen verschwunden war, aber Irene fror nicht. Sie wischte über ihren Nachttisch und dachte kurz darüber nach, »Die andere Seite des Mondes« versehentlich herunterzuwischen, sodass das Buch unter dem Bett weiter Staub ansetzen konnte. Sie legte es dann doch ordentlich an seinen Platz zurück. Das Buch konnte ihr nichts anhaben, und das Putzen hielt sie davon ab, darüber nachzudenken, was sie im Café gesagt hatte. Ganz zum Schluss bezog ihr Bett. Frisch bezogene Betten waren einfach unschlagbar. Sie konnte sich nicht erinnern, wann sie zuletzt die Laken gewechselt hatte, aber die alten Überzüge rochen muffig und schlecht. Sie schämte sich nicht, aber sie wusste, dass sie sich eigentlich schämen müsste, was tatsächlicher Scham ziemlich nahekam. Als sie sich hinlegte, kaum die Zähne geputzt, kurz geduscht und ein sauberes T-Shirt übergestreift, war sie in Gedanken sofort wieder in dem Café mit dem schönen, seltsamen Namen. Was der Mann über Bananen erzählt hatte, war fort, aber an ihre eigenen Worte erinnerte sie sich genau.

Tatsächlich hatte sie anfangs nie darüber nachgedacht, etwas anderes in ihrem neuen Zuhause zu tun als zu arbeiten, spazieren zu gehen und zu wohnen. So war Japan zügig auf die Größe von Kyōto zusammengeschrumpft, ohne dass sie es gemerkt hatte; oder vielmehr auf die Größe einiger Straßenzüge Kyōtos mitsamt einigen Parks und Tempelanlagen. Sie konnte gar nicht so viele Umwegspaziergänge machen, dass sie auf diese Weise tatsächlich die ganze Stadt besichtigen würde. In Wahrheit kam sie doch immer wieder an den gleichen Straßenecken, 7-Eleven-Läden und *Dango*-Ständen vorbei, und es gab ganze Bezirke, in die sie nie einen Fuß gesetzt hatte. Außerdem war sie viel zu froh gewesen, dass ihr die neue Stadt gleich so freundlich vertraut vorgekommen war, als dass sie dieses Gefühl leichtfertig aufs Spiel gesetzt hätte. Man kehrte ja nach einer Reise nicht als dieselbe Person an denselben Ort zurück. Die Irene, die aus Berlin weggezogen war, konnte nicht einfach dorthin wiederkehren, das war Teil des Plans und vollkommen richtig so. Ihr Kyōto zu verlassen, klang abwegig, aber die Idee wurde größer und größer, nahm Form an, nahm nach und nach Besitz von ihr.

Ihr Körper wollte nicht begreifen, dass sie längst fertig war mit dem Aufräumen. Ihre Arme lagen neben ihr unter der Decke und fühlten sich doch so an, als seien sie noch immer in Aktion. Sie schlief leicht und unruhig, einmal erwachte sie aus einem Traum, den sie sofort wieder vergessen hatte, nur eine vage bedrohliche Stimmung blieb davon übrig. Kaum war sie wieder eingeschlafen, weckte sie der Durst. Im Halbschlaf griff sie in die Richtung, in der sie das Wasserglas vermutete, und riss es um. Es klirrte auf den Boden, laut genug, um sie endgültig wach zu machen. Sie setzte sich im Schneidersitz aufs Bett und bückte sich nach den Scherben, die ihre müden Augen im Licht der Nachttischlampe ausmachen konnten. Nicht sicher, ob sie keine übersehen hatte, lief sie auf gut Glück durch die Pfütze in die Küche. Als erstes kam der Durst, er konnte nicht warten. Sie trat in keine Scherbe. Es war ein glatter Bruch, das Glas in genau drei Teile zersprungen. Sie hielt sich die Haare nach hinten und trank direkt aus dem Wasserhahn. Dann nahm sie doch ein neues Glas aus dem Schrank und füllte es auf, irgendwann würde sie ja doch wieder aufwachen. Aus dem Augenwinkel sah sie eine Person auf ihrem Bett sitzen, eine Frau vermutlich; sie saß auch im Schneidersitz, aber bei ihr sah die Pose anders aus als bei Irene, nicht in sich zusammengefallen, sondern aufrecht und wachsam. Die Schultern nach hinten gestreckt, der Rücken gerade. Es war ein anmutiges Gespenst, und sicher einen Kopf größer als Irene. Sie wusste nicht, ob sie sich zu ihr hin- oder von ihr wegdrehen sollte, hinsehen oder wegsehen. Ob sie einen Beweis für die Anwesenheit der Frau wollte und dafür, dass sie nicht vollends durchdrehte. Oder einen Beweis dafür, dass sie allein in ihrer Wohnung war. Und sicher. Sie zwang sich zum Hinsehen, natürlich war da niemand auf ihrem Bett. Über ihrem Stuhl hing die Jacke, die Nachttischlampe zog die Schatten ihrer Möbel lang, es hätte alles sein können. Ein Streich ihrer Augen, ein plötzliches, unbemerktes Hinuntergleiten in den Schlaf. Die Müdigkeit, die Kurzsichtigkeit, die Anstrengungen der letzten Tage. Das Schlimmste war der leise Zweifel, den Irene nicht loswurde: Wer so schnell in ihre Wohnung kommen konnte, konnte sicher auch genauso schnell wieder verschwinden. In dem Moment, als sie sich zwischen Hin- und Wegsehen entscheiden musste, konnte viel passiert sein. Sie schüttelte ihre Decke aus. Kaum lag sie, war sie eingeschlafen, schlief über das Klingeln ihres Weckers hinweg und wurde eine halbe Stunde zu spät von einer Streiterei unter ihrem Fenster aufgeweckt. Frühstück und Make-up wurden gestrichen, etwas kaltes Wasser ins Gesicht, schnell in die Jeans gestiegen, die schon ungeduldig auf sie wartete, und der Tag konnte beginnen.

8. Kyōto. Heute.

雨

Wie gut es ist, in eine saubere, halbwegs ordentliche Wohnung heimzukehren, wird einem immer erst klar, wenn man es eine Zeit lang nicht erlebt hat. Jedenfalls Irene ging es so. Wurden die Geschirrberge wieder höher und die Staubschichten sichtbarer, kam es ihr jedes Mal so vor, als mache es ihr nichts aus. Aber jetzt fühlte sie auch sich selbst irgendwie aufgeräumt, und sie bekam Lust auf Dinge, auf die sie sonst keine Lust hatte. Auf dem Heimweg hatte sie eingekauft, richtig eingekauft, unterschiedliche Lebensmittel für mehrere Tage. Sie hatte vor Regalen gestanden und sich Gedanken gemacht, Waren in ihren Korb gelegt, sich kurz darauf wieder umentschieden und die Lebensmittel gegen andere getauscht. Das Prozedere dauerte seine Zeit, aber es machte ihr nichts aus. Solange sie sich mit irgendetwas ganz und gar Wirklichem wie der Vorbereitung einer Mahlzeit beschäftigte, mit all den alltäglichen Dingen, die ihr sonst so lästig vorkamen, solange wäre von Diane keine Spur. Im neongrellen Licht des Supermarkts, unter den Augen beflissener Angestellter und anderer Einkäufer, würde sie sich nicht in ihre Nähe wagen. Ganz traute Irene dem Frieden allerdings nicht. Selbst wenn sie gerade keine Diane aus der Ferne sah oder irgendwo in der Peripherie ihres Sichtfelds, sie war doch immer bei ihr. Als Gedanke, der sich in ihr festgebissen hatte. Ihr Name hallte überall in Irenes Kopf nach.

Sie nahm ein Bündel *enoki* aus ihrem Korb, legte die Pilze ins Regal zurück und packte sie dann doch wieder ein. Außerdem kaufte sie allerhand Grundnahrungsmittel, oder was sie dafür hielt, voller Zuversicht, dass es nicht bei der einen selbst gemachten Mahlzeit bleiben würde. Reisessig und Gewürze, Gerstentee, schwarzen Sesam, *Dashi*-Brühe und Sojasauce, einen Zweikilosack Reis und sogar eine kleine Flasche *sake*. Ihr Arm wurde immer länger, als sie ihren Einkauf nach Hause trug.

Im Takt der Musik von nebenan wusch und schnitt sie ihr Gemüse. Im Reistopf kochte das Wasser. Irene hatte keine Ahnung, wie sie am besten vorgehen sollte, damit all ihre Zutaten mehr oder weniger zur gleichen Zeit gar wurden; kochen war ihr immer wie eine Mischung aus Zauberei und angewandter Laborwissenschaft vorgekommen. Nach Gefühl entschied sie, wann was in die Pfanne kam und wann sie den gewässerten, abgespülten und abgetropften Reis in den Topf gab, und sie war selbst überrascht, als alles gut zu werden schien. Der Duft verbreitete sich in der ganzen Wohnung: Frühlingszwiebeln, Tofu, Sojasauce, Pilze. Am besten duftete der Reis. Sie stellte sich vor, wie der Duft unter ihrer Schwelle durchkroch bis nach nebenan, sodass die Vermieterin in ihrer Wohnung Hunger bekam und die silberne Katze aus ihrer ewigen katzenhaften Schläfrigkeit erwachte.

Sie war sehr zufrieden mit sich, als sie vor einer dampfenden Schale Platz nahm. Ein großes Glas Wasser, ein kleiner Becher lauwarmer Sake. Die Stäbchen tänzelten schon ungeduldig in ihrer Hand; sie ermahnte sich zur Langsamkeit, aber es war doch erstaunlich, wie etwas, dessen Zubereitung so viel Zeit in Anspruch nahm, derart schnell wieder verschwand. Als sie auf die Uhr schaute, war es kurz nach acht, und ihre Schale und all das vom Kochen Schmutzige war wieder sauber im Schrank verstaut. In letzter Zeit kamen ihr alle Tage, alle Abende unerträglich lang vor. *Ich habe noch nichts gesehen von Japan.* Irene setzte sich auf ihre Fensterbank. Gegenüber blinkte ein Fernseher. Das Café an der Straße hatte gerade zugesperrt, einer der Angestellten eilte mit großen Schritten Richtung Bushaltestelle. Als sie schläfrig wurde, spürte sie so etwas wie Erleichterung. Schlafen kam ihr sinnvoller vor als alles andere, und auf ihren freien Tag konnte sie sich nicht so sehr freuen, wie ihre müden Arme und Beine es taten.

Seit sie die Frau auf ihrem Bett gesehen hatte, diese Diane, die nicht aus einem Schatten oder einer vorübereilenden Gestalt herauswuchs, sondern nur aus ihrem Kopf, seitdem ließ sie die Badezimmertür beim Zähneputzen offen. So dass sie ihr Bett im Blick behielt und nur für winzige Momente nicht hinsehen konnte. In der Mitte des Zimmers streckte sie ihren Körper lang, dehnte ihre Muskeln und berührte ihre Zehen- mit den Fingerspitzen. Ein rascher Test, ob ihr Körper überhaupt noch mitmachte oder ob ihm die ganze Arbeit nicht langsam reichte. Alles schien in Ordnung zu sein, es fiel ihr leicht, nichts tat übermäßig weh, sie war beweglich.

Ich habe noch nichts gesehen von Japan. Mit geschlossenen Augen dachte sie darüber nach, was sie alles noch nicht erlebt hatte, wo sie überall noch nicht gewesen war. Kyōto hatte eine alles andere als schlechte Ausgangslage. Am Bahnhof, auf dem Weg zum Hotel, konnte sie gar nicht anders, als die Durchsagen zu hören: mit dem Zug nach Tōkyō zu fahren, wäre überhaupt kein Problem. Ōsaka hatte sicher auch mehr zu bieten als den Flughafen, auf dem sie gelandet war, und eine kurze Zugfahrt würde ausreichen, um sich davon zu überzeugen. Es gab das Meer und den Biwa-See, gleich hinter den Bergen. Die Vorstellung, allein nach Tōkyō aufzubrechen, war Irene nicht besonders geheuer. Dass sie sich in Kyōto von vornherein so gut zurechtgefunden hatte, war im Grunde schon unerklärlich genug, aber nach allem, was sie gelesen hatte, wäre es ein Wunder, wenn es ihr in Tōkyō genauso ginge. Und Ōsaka war immerhin beinah doppelt so groß wie Kyōto. So beschloss sie, dass sie sowieso viel lieber mal ans Wasser wollte und stellte sich das Meer in der Bucht vor, das erste, das sie vom Flugzeugfenster aus gesehen hatte. Seine Farbe, seine Tiefe, die Wellen und die Fischerboote. Das Rauschen und das Geschrei der Möwen. Jetzt, wo der Sommer vorbei war, würde es leer sein am Strand, die Hotels wären vermutlich um einiges günstiger, wenn nicht gerade wieder irgendeine Feriensaison anstand, die Irene nicht mitbekommen hatte. Aber sie wusste, wen sie diesbezüglich um Rat fragen konnte, und so entschied sie, ausnahmsweise auch an ihrem freien Tag ins Hotel zu fahren.

Sie war sich nicht sicher, ob es zulässig war, sich als Zimmermädchen in der Lobby aufzuhalten, wenn man nicht im Dienst war. Die Regeln für die Mitarbeiter waren einfach formuliert, leicht zu merken und eigentlich auch leicht einzuhalten, aber vermutlich rechnete niemand damit, dass das einfache Personal mehr Zeit als notwendig an der Arbeitsstätte verbringen würde. Sicherheitshalber hatte sie sich so angezogen, wie sie es von den Touristen gewohnt war, und trug einen Alibirucksack, in dem Kamera, Stadtführer, Wasserflasche und ein oder zwei *onigiri* für unterwegs locker Platz gehabt hätten. In ihrem Kleiderschrank hatte sie eine Mütze gefunden, von der sie nicht wusste, weshalb sie sie überhaupt aus Berlin mitgenommen hatte, geschweige denn, wie sie überhaupt in ihren Besitz gekommen war. Aus einem dünnen Stretchstoff mit einem Aufnäher einer Marke, die kein Mensch kannte. Es war nicht das erste Mal, dass sie den Gästeeingang benutzte, aber diesmal fühlte es sich anders an, sie fühlte sich zum ersten Mal nicht wie ein Bestandteil des Hotels, sie betrat es zum ersten Mal tatsächlich von außen.

Zum Hotel führte eine ungewöhnlich lange Rolltreppe. Zwar gab es auch Stufen daneben und sie hätte nichts gegen ein wenig Bewegung gehabt, aber niemand sonst nahm die Treppe, und Irene wollte sich nicht auffällig benehmen. Es gab kein richtiges Erdgeschoss, beziehungsweise war das, was Irene für den Keller hielt - der Ort, an dem sie sich umzog und Handtücher und Laken auf einen Putzwagen stapelte –, in Wirklichkeit das Parterre. Fenster gab es vermutlich deshalb nicht, damit niemand von der Bahnhofshalle hineinschauen konnte, und nicht, um sie und die anderen am Hinaussehen zu hindern. Der Eingang für Gäste ließ das Hotel gleich ganz anders wirken, als Irene es gewohnt war. Mit jeder Stufe, die sie auf der Rolltreppe nach oben eilte, entfernte sie sich von dem Hotel, das sie kannte, statt sich ihm zu nähern. Sie war noch nicht ganz sicher, wohin sie stattdessen unterwegs war, ob nur in eine andere Version desselben Hotels oder gleich in ein anderes Leben. Das Gefühl war überwältigend.

In der Lobby war immer etwas los, und doch verloren sich die Leute in diesem viel zu groß geratenen Raum. Eine Reisegruppe von Männern in Businessanzügen stand ratlos unter dem Kronleuchter, eine junge Frau zog einen Jungen an der Hand in Richtung Lift, manche kamen gerade an, andere wollten auschecken. Beim Concierge hatte sich eine kleine Schlange gebildet. Irene kannte den Mann nicht. Wahrscheinlich war er so damit beschäftigt, die schwierigsten Wünsche der Gäste zu erfüllen - noch schnell drei Plätze für das Kabukitheater, wie kommt man am günstigsten von Kyōto nach Nagoya und wo kann man in der Nähe einen guten Burger essen - dass er unmöglich auch noch zu seinen Kolleginnen und Kollegen nett sein konnte. Trotz des Treibens kam Irene die Halle kein bisschen überfüllt vor. Selbst die Stimmen verhallten unter der hohen Decke, ehe sie sich zu dem Crescendo zusammenwabern konnten, das man anderswo von einer großen Gruppe Menschen erwartet hätte. In einem toten Winkel zwischen Lift und Concierge waren die Stadtpläne und Broschüren aufgereiht. »Fascinating Nijō Castle«, »Visit the past in beautiful Meijimura« und »Wonderful Arashiyama« verschwanden in ihrem Rucksack. Sie schaute sich auch die anderen Prospekte an, aber das Bild, das sie von Kyōto zeigten, fügte sich nicht mit dem in ihrem Kopf zusammen. Als sie sich umdrehte, sah sie, dass Toshio sie längst gesehen hatte. Er war gerade damit beschäftigt, jemandem den Schlüssel zu einem Zimmer auszuhändigen. Seine Hände verpackten die Schlüsselkarte in einen Umschlag aus festem, hochwertigem Papier mit dem Logo des Hotels, aber seine Augen waren auf Irene gerichtet. Als ihre Blicke sich trafen, schaute er schnell wieder den Gast an. Wahrscheinlich wünschte er ihm einen angenehmen Aufenthalt; es sah nicht so aus, als würde der Gast etwas erwidern, er drehte sich einfach um und zog seinen folgsamen kleinen Koffer hinter sich her. Irene ergriff ihre Chance und lief mit großen Schritten zur Rezeption.

»Hey«, sagte sie so lässig wie möglich. Toshio lächelte aus seinem Gesicht, das sowieso immer freundlich war, aber heute schien sich noch eine aufrichtige Freude dazu zu gesellen. »Du, ich will dich nicht stören, aber ich habe mir gedacht ... Du kennst dich doch sicher aus, wo man am besten für ein paar Tage Urlaub machen kann? Ich würde nämlich irrsinnig gerne mal ans Meer. Oder vielleicht an einen See.«

Toshio holte weit aus, aber Irene mochte seine Art zu erzählen. Er sprach Japanisch mit ihr, obwohl sein Englisch perfekt war und es ihm in seinem Beruf kaum etwas ausmachen konnte, nicht in seiner Muttersprache zu reden. Auch das gefiel ihr. Er sprach langsam und umschrieb die schwierigen Begriffe, von denen er vermutete, dass Irene sie nicht verstehen würde; er machte das ganz beiläufig. Toshio hatte ein paar Semester Tourismus studiert, dann war sein Bruder krank geworden und er hatte sowieso keine Lust mehr auf Uni gehabt, also blieb er eine Weile daheim und half, Haruto zu pflegen. Er schlief im Wohnzimmer auf der Couch, tagsüber leistete er seinem Bruder Gesellschaft, brachte ihm Mangas und lieh Filme aus, die sie zusammen ansahen. Zwischendrin kochte er für die Familie oder ging zur Apotheke, das war's. Er erwähnte nicht, welche Krankheit es war, und auch nicht, ob sein Bruder wieder gesund werden würde. Nach einer Weile hatten seine Eltern ihn dazu gedrängt, das Studium zu beenden, aber irgendwie war die Luft raus gewesen. Seine Kommilitonen waren schon fertig und die Seminare interessierten ihn nicht mehr.

»Es war todlangweilig an der Uni, einfach nur zum Gähnen. Außerdem wollte ich eh nie Karriere machen.«

»Ich auch nicht, weiß gar nicht, was daran toll sein soll.«

Toshio war sichtlich erfreut.

»Jedenfalls weiß ich noch ein bisschen was über Japan und Reisen und so. Wenn du ans Meer willst, Sunayama ist super. Da gibt es alles, Sand, Dünen, ein richtiger Traumstrand.«

»Und kommt man dort leicht hin, von Kyōto aus?«

»Nee. Das kann man so leider nicht sagen. Im Grunde genommen ist Sunayama ziemlich abgelegen.«

Toshio schien viel enttäuschter darüber als Irene selbst.

»Die Halbinsel Izu ist auch gar nicht schlecht, da kommt man sogar mit dem *Shinkansen* gut hin. Es ist in der Nähe von Tōkyō.«

»Tōkyō, aha, hm. Gibt es denn auch eine richtige Insel, nicht nur eine Halbinsel, wo man ein paar schöne Tage verbringen kann? Baden will ich eigentlich sowieso nicht, eher ein bisschen am Strand spazieren. Ich will auch nicht bis zum Sommer warten, weißt du?«

Die Falten auf Toshios Stirn nahmen eine Formation ein, die auf angestrengtes Nachdenken schließen ließ.

»Inseln, klar, jede Menge. Aber ich weiß nicht, wo man besonders gut spazieren gehen kann.«

»Am Strand sitzen wäre auch okay, es muss ja kein Wanderurlaub werden!«

»Tja. Also. Vielleicht ...«

»Ich packe mir dann einfach ein Buch ein. Lesen am Strand. Reicht vollkommen.«

»Vielleicht gibt es da was. Aber ich war selbst noch nicht dort, keine Ahnung, ob's was für dich ist. Bleib mal hier stehen, ja?«

Toshio verschwand hinter einer Tür gleich hinter seinem Drehstuhl, die sich fast unsichtbar in die Wand fügte, mit Tapete und allem. Seine Kollegin schaute streng zu Irene hinüber, während sie am Telefon jemandem den Weg vom Kansai International Airport ins Hotel beschrieb. Du erkennst mich eh nicht, dachte Irene. Und wenn schon. Die Tür schwang auf, und Toshio ließ einen Stapel Flyer auf den Tresen donnern, dass die Frau, die schon seit geraumer Zeit ihren Zimmerschlüssel bei ihm loswerden wollte, zusammenzuckte. Sie schüttelte den Kopf und stellte sich bei der Kollegin an, deren Augen wütende Blitze in Toshios Richtung schickten. Irene war erleichtert, dass er nichts davon mitzubekommen schien, und schaute seiner Kollegin geradewegs in die Augen zurück, kühl und fest. Die Kollegin wandte zuerst den Kopf ab. Inzwischen hatte Toshio das Plastikband um die Prospekte durchgeschnitten und reichte Irene das oberste Exemplar. Sie war überrascht, dass auf der Vorderseite nichts von »wonderful«, »beautiful« oder »fascinating« stand. Einfach nur: »Benesse Art Site«, in serifenlosen, nüchtern eleganten Lettern.

»Okay, sieht gut aus. Aber ist das nicht eher ein ... Haus für Bilder?«

Das Wort für Museum war ihr entfallen. Toshio korrigierte sie nicht und ließ sich auch den Rest ihrer Fehler nicht anmerken.

»Nein, das heißt: schon, aber es scheint eher eine Art Kunstinsel zu sein, mit Skulpturen und so. Die Flyer sind vorhin geliefert worden, da habe ich mal gegoogelt. Kennst du Tadao Ando? Das ist ein Architekt.«

»Schon mal gehört«, sagte Irene, aber sie war nicht sicher, ob es stimmte.

»Der hat das Museum dort gebaut. Und ein Hotel übrigens auch.«

»Klingt interessant. Ich nehm's mal mit.«

»Warte, ich gebe dir auch eine Landkarte mit. Da ist ganz Japan drauf. Naoshima ist in der Präfektur Kagawa, das ist von hier aus südwestlich.«

Er nahm eine auf Briefumschlaggröße gefaltete Karte aus einer Schublade. Hinter Irene räusperte sich jemand. Es hatte sich eine Schlange gebildet, die selbst Toshio nicht länger übersehen konnte. Sie bedankte sich und entschuldigte sich, dass sie ihn so lange aufgehalten hatte. Jetzt räusperte sich jemand anderes.

»Kein Problem, war schön, mit dir zu reden. Also dann, bis bald.«

Sie verließ das Hotel auf dem gleichen Weg, wie sie hineingekommen war, aber diesmal stieg sie die Treppe hinunter, der Rucksack hüpfte hinter ihr her. Sie überlegte kurz, das Café mit den Bananenbäumen zu suchen, aber dann ging sie doch zu Starbucks im Einkaufszentrum, das nahtlos an den Bahnhof anschloss. Sie bestellte einen Matcha Frappuccino und breitete die Landkarte aus. Naoshima selbst war nicht verzeichnet. Die Karte nannte nur besonders große Städte beim Namen und wirkte, als sei sie so simpel wie möglich gehalten. Die Präfektur Kagawa fand sie, als sie mit dem Finger die Küstenlinie entlangfuhr. Dort im Wasser waren ein paar grüne Flecken, die Inseln darstellen mussten. Sie sahen aus wie beim Erstellen der Karte versehentlich hingekleckst. Eine davon musste es sein.

Zu Hause angekommen, nahm Irene ihr kleines gelbes Wörterbuch aus dem Nachtkästchen und setzte sich aufs Bett. *Bijutsukan*: Kunstmuseum. *Hakubutsukan*: Museum (nicht für Kunstgegenstände). »*Bijutsukan, hakubutsukan*«, sagte Irene mehrmals hintereinander in den leeren Raum hinein, als würde sie ihr eigenes Echo nachahmen. Die Silben stolperten erst übereinander, dann rappelten sie sich auf und reihten sich ordentlich ein. Sie beendete ihre Übung mit einem dreimal wiederholten »*Bijutsukan*«. Das Wort hörte sich kostbar an, es klang wie Juwelen.

9. Berlin. Früher.

Die Bars hatten ihren gesamten Betrieb nach draußen verlagert. Irene hatte den letzten Tisch ergattert und zwei Klappstühle, die auf den Pflastersteinen wackelten. Der Sommer hier in der Stadt hatte etwas Improvisiertes, wie Picknicken im Freien. Die Dunkelheit konnte Berlin nicht ganz vereinnahmen, konnte sich nicht durchsetzen gegen die Schlaflosigkeit. Jedenfalls nicht hier in einer dieser Straßen, wo es pro Block drei Kneipen gibt, wo Leute wohnen, denen es gut geht, die etwas erleben wollen und für die jede Leerstelle im Stadtbild ein Raum für Möglichkeiten ist. Es waren wache, wilde, fiebrige Nächte, hitzig und voller Leben. Das war nicht bloß für Irene so, die ganze Stadt lag in diesem Sommernächtefieber. Seit Wochen schon.

Hinter vielen Fenstern schien Licht, und hier draußen trotzten der Dunkelheit gläserne Windlichter auf den Tischen und Lichterketten mit bunten Glühbirnen. Es war, als würde sich die Dämmerung schier endlos in die Nacht hineinstrecken. Im Haus gegenüber wurde Musik gehört. Vom Balkon aus dröhnten die Bässe nach draußen, losgelöst von der Melodie. Irene schloss die Augen und lauschte. Den Stimmen um sich herum, den Fahrrädern, die über die Straße ratterten, dem Lachen und den Gesprächen. Gläserklappern, Eiswürfelklimpern, Bassgewummere, Besteck auf Porzellantellern, ganz fern fuhren Autos über das grobe Pflaster. Sie blieb so, hielt die Augen immer noch einen Moment länger geschlossen, bis sie schließlich das Gefühl hatte, der Lärm käme aus ihrem Inneren, als wäre die ganze Sommerfiebernacht nur in ihr. Als sie die Augen öffnete, sah sie Timo um die Ecke biegen. Er hatte sie noch nicht bemerkt. Sie beobachtete ihn dabei, wie seine Augen nach ihr suchten. Sie erschien zu ihren Verabredungen immer früher als er. Sie hatte dieses höfliche Zuspätkommen, das in ihrem Umfeld zum guten Ton gehörte, nie gelernt. Timo dagegen beherrschte es perfekt, er kam meist genau zwischen zehn und fünfzehn Minuten später als vereinbart und war trotzdem jedes Mal überrascht, wenn sie schon da war. Die Eiswürfel in ihrem Moscow Mule waren beinah geschmolzen. Als er sie sah, veränderte sich seine ganze Haltung. Er kam auf sie zu, feierlich fast, so als wollte er ihr einen Strauß Blumen oder ein Geschenk überreichen, dabei hatte er nichts dabei außer dem, was zufällig in seinen Hosentaschen gelandet war. Er sah beinah verliebt aus. Sie selbst, dachte sie, sah sicher auch beinah verliebt aus. Sie hatten die gleiche aufrichtige, aufgeregte Freude im Gesicht. Sie fragte sich, was die anderen Menschen hier wohl in ihnen sahen. Timo, wie er auf sie zugeeilt kam. Sie, wie sie von ihrem Stuhl aufstand, das Kleid zurechtzog, eine Strähne hinters Ohr strich, auf eine Umarmung wartete und stattdessen einen Kuss bekam.

»Vorsicht, ich hab' Lippenstift aufgetragen. Nicht, dass du auch was davon abbekommst.«

»Ist doch sowieso dunkel«, sagte er und küsste sie noch mal. Danach wischte er sich mit dem Handrücken über den Mund, lachte. Von dem tiefen Rot war nichts zu sehen, an ihren Lippen wahrscheinlich auch nicht mehr.

Als er sein erstes Bier vor sich hatte, waren sie schon in ihrem Gespräch versunken. Er erzählte von der Übersetzung, die er gerade fertiggestellt hatte. Eine Pressemitteilung wegen einer groß angelegten soziologischen Studie, die etwas über die Entwicklungen des Familienlebens im ländlichen Japan seit den Siebzigerjahren aussagte. Er fand seinen Text besser als die Vorlage, aber als er merkte, dass er etwas großspurig daherkam, fragte er sie nach ihrem Studium. Wenn Irene davon erzählte, hörte es sich immer an, als liefe es gar nicht mal schlecht. Eine halb geschriebene Hausarbeit wartete auf sie, sie hatte fünf Seminare belegt, die alle mehr oder weniger interessante Titel hatten, und sie hatte den Stapel Pflichtlektüre immerhin so gut überflogen, dass sie zu jedem der Texte ein paar Worte sagen konnte. Timo stellte neugierige Fragen, sie improvisierte genau die richtigen Antworten, es funktionierte. Wenn jemand anderer ihr die gleichen Fragen gestellt hätte, wäre sie ausgewichen. Sie wäre sich blöd vorgekommen, entweder weil sie so lange schon studierte, weil sie sich selbst nicht für die Themen begeisterte und nicht damit rechnen konnte, jemanden für ihr Fach zu interessieren oder einfach, weil sie grundsätzlich nicht gerne von sich sprach. Mit ihm konnte sie über ihr Studium sprechen, als sei das ganz selbstverständlich. Sie nahm sich die interessierte Studentin beinah selbst ab. Erst bei Timos drittem Bier war das Thema beendet. Sie hatte einen Gin Tonic vor sich stehen, war aber nicht mehr sicher, beim wievielten Getränk sie angekommen war und ob sie es selbst bestellt oder die Auswahl Timo überlassen hatte. Sie hörte sich in das Schweigen hineinsprechen, das sich zwischen ihnen ausgebreitet hatte.

»Du, Timo, ich muss dich mal etwas ganz anderes fragen. Vielleicht ist das albern. Aber ich glaube, ich würde auch gern mal nach Japan. Würdest du mir helfen? Bei der Vorbereitung und so?«

Timo war weit weniger überrascht, als sie erwartet hatte, und natürlich sagte er sofort ja.

»Wohin magst du denn genau?«

»Keine Ahnung. Weißt du's vielleicht? Wo könnte ich mich denn wohlfühlen, so mehr oder weniger?«

»Sicher nicht auf dem Land. Klar gibt's überall sehr sehenswerte Gegenden, aber ich seh' dich eher durch Tempelanlagen spazieren und in Cafés sitzen als Landschaften fotografieren.«

Irene hörte ihm zu, als würde er ihr die Zukunft aus der Hand lesen.

»Aber wenn ich ehrlich sein darf, in Tōkyō sehe ich dich auch nicht. Ich weiß nicht recht, warum, vielleicht weil dieses Grelle und Laute nicht zu dir passt. Außerdem verläuft man sich ständig, es ist einfach nicht möglich, sich zu orientieren, und wenn man kein Japanisch kann, kann das unglaublich nervtötend sein. Da würdest du wahrscheinlich nach zwei Tagen abhauen und nie wieder einen Fuß auf japanischen Boden setzen. Vorausgesetzt, du fändest so schnell zum Flughafen zurück.«

Irene ließ die Gehässigkeit dieses Satzes nicht an ihre gute Stimmung heran.

»Ich hab' ja dich. Wenn ich mich verlaufe, rufe ich dich einfach an. Du kannst mich bestimmt blind überall hinlotsen mit deinem einwandfreien Japanisch und deiner Ortskenntnis und so. Aber du hast recht, Tōkyō ist es irgendwie nicht.«

»Sapporo wäre sicher nicht verkehrt. Nicht zu groß und nicht zu klein, angenehmes Klima, super Bier und viele Studenten.«

»Studenten habe ich hier genug, ich reise ganz bestimmt nicht um die halbe Welt, um noch mehr zu sehen.«

»Aber Sapporo ist wirklich nicht übel. Nicht so eine Studentenstadt wie Göttingen oder so. Ist außerdem eine Partnerstadt von München. Da gibt's sogar einen Maibaum, falls du mal Sehnsucht nach so etwas kriegst.«

»Ganz bestimmt. Hast du noch andere Tipps?«

Er lachte und nahm einen tiefen Schluck von seinem Bier. Er sah aus, als würde er nachdenken, aber die Antwort klang, als sei sie eher zu naheliegend, als dass er damit sofort hatte herausrücken wollen.

»Wenn du so hohe Ansprüche hast, kannst du ja gleich nach Kyōto gehen. Da hast du alles, Tempel, Schreine, Schlösser, Gärten, Parks, eine ewig lange Tradition und außerdem alle Annehmlichkeiten einer modernen Großstadt. Starbucks, Kaufhäuser, Pubs und Pizzerien. Ich meine das ganz ernst, Kyōto könnte dir super gefallen.«

»Gibt's da keinen Maibaum?«

»Nicht, dass ich wüsste.«

»Ist gebucht.«

»Wie lang willst du denn bleiben?«

»Na, für immer.«

»Klar. Blöde Frage, entschuldige. Also, auf Kyōto!«

Es wurde ein langer Abend, sie tranken, redeten. So gut hatten sie sich schon seit einer Ewigkeit nicht unterhalten. Arm in Arm liefen sie zu ihm, Timo schob mit der freien Hand ihr Rad, sie waren angetrunken. Es war ein weiter Weg, aber es tat so gut, ganz einfach in die Nacht hineinzulaufen. Irene fühlte sich leicht und jung und ein kleines bisschen lächerlich. Auf eine schöne Art. Am Ende war es doch noch richtig dunkel und still geworden.

Irene konnte selten eine ganze Nacht durchschlafen, aber wenn sie getrunken hatte, war es von vornherein ausgeschlossen. Sie drehte sich noch im Wachwerden zu ihm um, ganz langsam, und legte ihre Hand auf seine Brust. Timo atmete tief und gleichmäßig. Sie küsste das Niemandsland, gerade sanft genug, dass sie nicht wissen konnte, ob er davon aufwachen oder weiterschlafen würde. Als er ihren Arm zu streicheln begann, tat es ihr fast leid, dass sie ihn nicht hatte ruhen lassen.

»Lass uns noch schlafen, ja? Es ist mitten in der Nacht.«

»Du hast ja deine Katerstimme,« flüsterte sie zurück und rieb sich die Augen, sodass Reste schwarzen Kajals an ihren Fingerknöcheln kleben blieben. »Wenn du verkatert bist, klingt deine Stimme immer so ein bisschen tiefer und ernster als sonst. Sogar ein bisschen mürrisch. Ich mag deine Katerstimme gern.«

»Also, ich schlafe jetzt jedenfalls weiter.«

Er küsste sie und drehte sich weg. Irene legte sich auf den Rücken. Sie war sicher, nicht mehr einschlafen zu können. Kyōto. Sie fragte sich, ob es tatsächlich möglich wäre, dort zu leben, ob sie das bewerkstelligen konnte. Sie mochte es nicht, auf Hilfe angewiesen zu sein, aber wenn jemand so was Wirklichkeit werden lassen konnte, war es Timo. Sie glitt ganz langsam in den Schlaf hinab, und genauso langsam in den Morgen hinauf. Der Abend kam ihr wie geträumt vor. Sie hatte nicht einmal vorgehabt, ihn so geradeheraus zu fragen, aber seit sie es getan hatte, schien es ganz selbstverständlich, dass auch sie irgendwann nach Japan reisen würde. Es war ganz von allein von einer wirren Idee zu einer beschlossenen Sache geworden. Irene wunderte sich, wie wenige Worte ausreichten, um etwas Wirklichkeit werden zu lassen.

Nun war Irene ausnahmsweise diejenige, die sich davonmachen konnte, ehe Timo richtig wach wurde. Es war noch früh, aber sie wollte nicht mehr schlafen, da war eine Unruhe in ihren Beinen. Das passierte ihr oft, wenn sie getrunken hatte. Andere Leute waren in dem gleichen Zustand erschöpft und wollten nichts als liegen bleiben. Sie wollte nichts als aufstehen, sich bewegen, irgendwohin. Er war noch im Halbschlaf, als sie sich von ihm verabschiedete. »Danke«, flüsterte sie und fragte sich, weshalb man sich so selten einfach bedankt bei denjenigen, die einen glücklich machen. Aber es war wohl ganz richtig so, etwas Rares und Besonderes, dieses Danke. Auf dem Weg zur Tür hob sie sein weißes T-Shirt auf, roch daran und lächelte.

Irene mochte die frühen Morgenstunden. Nun war es fast leer auf der Straße. Aus einer Bäckerei duftete es nach Croissants. Sie überlegte kurz, eines zu kaufen, aber dann genügte ihr der Geruch. Vielleicht war sie noch ein wenig betrunken, aber sie fühlte sich nicht so. Im Gegenteil, sie war hellwach und ihre Gedanken klar. Kyōto, dachte sie, Kyōto. Vielleicht bekam sie es tatsächlich hin.

10. Kyōto und anderswo. Heute.

雨

Irene spürte ihren Herzschlag bis in die Fingerspitzen. Hier war feindliches Gebiet, am Bahnhof konnte sie jederzeit erkannt werden. Von ihren Kolleginnen, von ihren Vorgesetzten, von Toshio. Vielleicht sogar von den Gästen. Die wussten zwar nicht, dass sie hier nichts verloren hatte, aber vielleicht würden sie sich lautstark wundern, eines ihrer Zimmermädchen in ungewohnter Umgebung anzutreffen, noch dazu so offensichtlich für eine Reise gerüstet. Die Reisetasche stand ihr zu Füßen, wie einen Hund an der Leine hielt sie sie am Riemen fest. Sie waren lange nicht verreist, die Tasche und sie. Auf dem Flug nach Japan war ihr Handgepäck darin verstaut gewesen, lauter Dinge, die sie im Flugzeug nicht gebrauchen konnte und die ihr trotzdem lebensnotwendig vorgekommen waren. Eine Kulturtasche mit Pflegeprodukten, die sie nicht einmal daheim benutzte, die Zeitungen, die sie im Frankfurter Terminal gekauft hatte, obwohl es sie beim Einsteigen in die Maschine auch gratis gegeben hätte. Ein Notizbuch, falls sie doch endlich mit dem Tagebuchschreiben beginnen wollte und weil es nichts Schlimmeres gab, als eine gute Idee zu haben und sie nicht festhalten zu können. Einige Kugelschreiber, von denen sicher manche noch heute durch die tieferen Regionen ihrer Tasche rollten. Ein T-Shirt zum Wechseln, einen Stadtplan von Kyōto, einen MP3-Player mit Timos Musik. Jetzt hatte sie wenig eingepackt, nur das Notwendigste. Keine Notizhefte. Nur ein paar Kleidungsstücke zum Wechseln, aber immerhin hatte sie besonders schöne eingepackt; das Kleid, das sie daheim nie trug, die Strumpfhosen ohne Löcher, die Unterwäsche, die ansonsten geduldig auf bestimmte Anlässe wartete und selten ihre Schublade verlassen hatte. Lauter nachtblaue Kleidung. Nachtblau stand ihr gut, es war die einzige Farbe, bei der sie das sicher wusste. Bei den Kosmetika dagegen verließ sie sich ganz auf das Hotel, das sie dieses Mal als Gast besuchen würde. »Die andere Seite des Mondes« hatte sie ein- und wieder ausgepackt. Schließlich war es auf dem Bett liegen geblieben, mitten auf der glatt gestrichenen Bettdecke. Sie war froh, gar nicht erst in die Verlegenheit zu kommen, darin weiterlesen zu müssen. In der Buchhandlung im Bahnhof hatte sie mit den Fingerspitzen über die Rücken der englischsprachigen Taschenbücher gestrichen, aber sie waren nirgends hängen geblieben.

Ein Anruf hatte genügt: »Guten Morgen, ich bin krank. *Byōki.*« Sie wusste nicht, wer am anderen Ende der Leitung war, das machte es einfacher. Fremde ließen sich leichter belügen. Irene fühlte der unbekannten Stimme gegenüber keine Schuld. Sie erklärte umständlich, wer sie war, und buchstabierte zweimal ihren Namen. Sie sagte, sie wisse nicht, wann sie wieder arbeiten könne, und hüstelte. Die Stimme am anderen Ende fragte nicht, was los war, wünschte ihr keine gute Besserung und hörte sich an, als habe sie überhaupt Besseres zu tun, als auf schlechte Lügen auch noch die passenden Antworten zu finden. Sie fragte nicht nach einem ärztlichen Attest, nach irgendetwas Schriftlichem, das Irenes Behauptung festhielt; sie drohte nicht mit Kündigung oder dem Streichen des Gehalts.

Jemand anderes würde Irenes Schichten übernehmen müssen. Sie hätte es schöner gefunden, wenn alle sich gleichzeitig krankgemeldet hätten, wenn sie gemeinsam fortgefahren wären. Das wäre eine tolle Reise geworden, Hitomi hätte im Shinkansen neben ihr sitzen und sie anschweigen können. Vielleicht hätte auch Toshio mitkommen und im Zug seine Mangas lesen können, oder er hätte Irene etwas über die Landschaften erzählt, durch die sie fahren würden. Hätten sich die Gäste ihre Betten eben selbst überzogen und mit Kosmetika versorgt. Es wäre interessant zu sehen, wer unter diesen Umständen nicht vielleicht doch eine zweite Nacht auf demselben Laken hätte ertragen können. Und wie viele Eintagszahnbürsten eher Zweitagszahnbürsten waren.

Der Shinkansen schob seine blauweiße Nase in den Bahnhof, und Irene fühlte eine Erleichterung in sich aufsteigen, die bis in die Haarspitzen von ihr Besitz ergriff. Sie fand den Weg zu ihrem reservierten Sitzplatz ganz von allein. Der Zug wirkte von innen noch größer als von außen, er war genau richtig temperiert, genau pünktlich und so blitzsauber, als sei er gerade erst zusammengeschraubt worden und von der Fabrik direkt in den Bahnhof von Kyōto gerollt. Die Sitze konnte man drehen, je nachdem, ob man in Fahrtrichtung sitzen wollte oder nicht. Irene ließ ihren so, wie er war, und nahm eine Haltung ein, die sie bequem aus dem Fenster schauen ließ. Außer ihr waren kaum Leute im Zug, zumindest wirkte es so. Das Innere des Shinkansen schluckte alle Geräusche, alle Gespräche. Ihre Hände spielten mit dem Träger der Handtasche. Sie hatte dreimal nachgesehen, ob sie ihre Fahrkarte eingesteckt hatte, aber sie war trotzdem nervös. Die Reisevorbereitungen waren so unkompliziert gewesen, nachdem sie sich einmal für ein Ziel entschieden hatte. Sie hatte an den Tagen zuvor alle verderblichen Lebensmittel aufgegessen, dann hatte sie den Müll hinausgetragen und die Werbeprospekte aus dem Briefkasten genommen, die Haustür hinter sich ins Schloss fallen lassen und war zum Bahnhof gelaufen, Reisetasche links, Handtasche rechts. Keine große Sache. So einfach ließ Kyōto sie gehen.

Die Stadt sah vom Zug anders aus, kleiner und farbloser. Manche Häuser waren winzig, die Gärten noch winziger. *Byōgaku*, so groß wie eine Katzenstirn. Andere Fassaden streckten sich vor der Bergkulisse hin, als wollten sie ihr persönlich die Sicht versperren. Kaum waren sie aus dem Bahnhof gefahren, kam ein Wagen mit Süßigkeiten und Getränken durch den Gang, laut- und mühelos angeschoben von einer freundlichen Frau in Japan-Railways-Uniform. Das Firmenlogo zierte einen Anstecker an ihrem Revers, sie lächelte und fragte Irene nur mit ihren hochgezogenen Augenbrauen nach ihren Wünschen, es war gar nicht nötig, sich auf Englisch oder auf Japanisch zu blamieren. Irene zeigte ohne zu überlegen auf einen Dosenkaffee und lächelte zurück. Die Dose stellte sie vor sich auf den Tisch und versuchte, sie nicht anzusehen. Der Geschmack würde sie an den Tag erinnern, als sie mit dem Mann zum Bananenbaumcafé gegangen war. Es würde sich kurz so anfühlen, als fehle er ihr. Als wäre es schöner, wenn er ihr gegenüber auf dem blauen Sessel sitzen und ihr die Szenerie erklären würde. Sie hatte ihm nicht Bescheid gegeben, dass sie wegfahren würde. Sie hatte keine Möglichkeit, mit ihm Kontakt aufzunehmen; keine Telefonnummer oder Anschrift, und sich in sein Lieblingscafé oder ins Pub zu setzen, bis er wieder von alleine auftauchte, schien ihr aussichtslos. Umgekehrt funktionierte das, aber die Selbstverständlichkeit, mit der er sie an jedem Ort aufspürte, war ihr unvorstellbar. Er konnte überall sein, vielleicht war auch er endlich abgereist. Sie hätte ihm gern eine Nachricht hinterlassen, vielleicht sogar die Adresse des Hotels, in dem sie reserviert hatte. Andererseits wusste er ja auch sonst alles, wieso sollte er nicht wissen, dass sie erneut gegangen war. Dass sie wieder unterwegs war, auch wenn er das nicht gewollt hatte. Sie ließ die Stadt hinter sich. Ihre Fahrkarte wurde abgestempelt, es war nichts zu beanstanden. Kurz bevor sie in Ōsaka von der *Nozomi*- in die *Sakura*-Linie umsteigen musste, leerte sie ihre Getränkedose, beherzt und schnell. Es schmeckte nach nichts als Zucker, Milch und schwachem Kaffee.

Hinter dem Zugfenster rauschte eine neue Fremde vorbei. Die Landschaft veränderte sich immer mehr, je weiter sie die Stadt hinter sich ließ. Die Menschen, an denen sie vorbeifuhr, wirkten wie aus einem anderen Universum. Sie wünschte sich, der Zug würde nicht gar so schnell zu ihrem nächsten Zwischenstopp rasen, so dass sie sich die Leute genauer ansehen konnte, die mit ihren Fahrrädern über Feldwege fuhren oder ihre Gärten gleich neben der Bahntrasse wässerten, mit krummem Rücken und Gummistiefeln. Hier sah niemand so aus wie Diane, selbst im Vorbeirauschen war sie sich sicher. Sie hatte sie abgehängt, hier holte sie niemand so schnell ein. Irene konnte sich nur mit Mühe darüber bewusst werden, dass all die Leute ihr nur deshalb so fremd erschienen, weil sie selbst es war, die nicht hierher gehörte. Von der Fahrt von Ōsaka nach Okayama bekam Irene ansonsten nur wenig mit, kaum hatte sie sich hingesetzt, musste sie schon wieder aussteigen. Erst als sie den Shinkansen verlassen hatte und ihre Reise an Geschwindigkeit verlor, begriff sie, wie weit weg sie war. Sie setzte sich an den Bahnsteig, obwohl der nächste Zug erst in einer Dreiviertelstunde fuhr. Im Kikka war jetzt die Frühstückszeit vorbei und für die Zimmermädchen die geschäftigste Zeit des Tages. Die Gäste waren unterwegs zu den Tempeln, zu ihren Meetings und Terminen, zu den Einkaufsstraßen und Museen.

Wenn sie zwischendurch auf ihr Zimmer gingen, um die Beine hochzulegen und über der Aussicht auf die Berge ein wenig zu dösen, mussten ihre Zimmer längst fertig sein. Kranksein war unhöflich; wahrscheinlich fluchten die anderen, weil sie heute mehr Zimmer als sonst herrichten mussten oder weil jemandem ein freier Tag gestrichen wurde. Irene versuchte ihr Bestes, aber es wollte einfach kein Mitleid in ihr aufkommen. Sie hoffte nur, dass Hitomi nicht sauer auf sie war. Sie steckte die Beine lang. Der nächste Zug brachte sie nach Uno, von dort fuhr die Fähre. Sie war nicht ungeduldig, es war nicht so, als warte auf Naoshima irgendetwas Spezielles auf sie oder als habe sie Pläne für die nächsten Tage, die sie sofort in die Tat umsetzen wollte. Sie wollte nichts als das Meer, und das blieb ohnehin immer dasselbe, mehr oder weniger jedenfalls. Der nächste Zug hatte mit den beiden akkuraten und schnellen Shinkansen nichts mehr gemein. Es war ein Zug zum Hineinklettern, so einer, der nur schwerfällig in Gang kommt und nach abgewetzten Polstern riecht, freundlich und altersmild. Tiefer und tiefer drang sie in ein anderes Japan vor. In der Präfektur Okayama spielte keines ihrer Bücher, keiner der zahllosen Filme, die sie sich angeschaut hatte auf Timos Laptop, auf dem Bauch liegend. Wahrscheinlich war nicht einmal Timo bis hierher gekommen. In Hiroshima war er gewesen, in Yokohama, natürlich in Tōkyō. In Nagoya und Sapporo. In Kyōto und in ein paar Städten, deren Namen sie vergessen hatte. Aber von diesem Teil Japans hatte sie ihn nie reden hören und sie würde ihm auch nichts davon erzählen. Die vorbeirauschende Landschaft machte sie schläfrig und friedlich, bis sie schließlich an nichts mehr dachte und nur aus dem Fenster schaute. Sie hatte jetzt schon lange keine Menschen mehr gesehen. Draußen war nur Landschaft, im ganzen Waggon saß niemand außer ihr;

ob jemand ihre Karte kontrolliert hatte, wusste sie nicht mehr. Der kürzeste Abschnitt ihrer Reise erschien ihr am längsten, aber als sie in Uno einfuhr, wäre Irene am liebsten sitzen geblieben, um einfach noch ein bisschen weiter aus dem Fenster zu schauen. Auf dem Bahnhof kam Vogelgezwitscher aus Lautsprecherboxen, obwohl er mitten im Nichts stand und man wahrscheinlich echte Vögel hören könnte, würden die elektrischen mit ihrem Gesang nicht alles übertönen. Bevor sie sich Sorgen machen konnte, dass sie den Weg zur Fähre nicht finden würde, sah sie schon die Anlegestelle. Und das Meer, das in den Himmel hineinfloss, bis sie nicht mehr voneinander zu unterscheiden waren.

11. Naoshima. Heute.

雨

Die Fähre war voll und immer voller geworden, bis Irene sich ihren Tisch an Deck schließlich mit einer vierköpfigen Familie, einem älteren Paar und einer allein reisenden Frau in ihrem Alter teilte. Es schien, als sei auch der letzte Platz noch belegt. Schwer vorzustellen, woher plötzlich all die Leute gekommen waren. Ein Mann in Uniform winkte eine alte Frau zu einem verbliebenen Platz neben der Reling. Als sie sich setzte, war das Schiff bereits in Bewegung. Irene hatte nicht bemerkt, dass sie abgelegt hatten, plötzlich war da eine Lücke zwischen ihr und dem Anleger. Die zwei Kinder aßen stumm aus ihren zwei *Bentō*-Boxen, der Vater förderte zwei identisch aussehende Äpfel aus seinem Rucksack, rieb sie mit dem Ärmel seiner speckigen Jeansjacke ab und reichte den einen seiner Frau. Die Alleinreisende hatte einen Blaubeermuffin dabei, von dem sie krumenkleine Stücke abbrach, um sie sich in den Mund zu stecken. Wie ein Vogel, dachte Irene. Die Überfahrt war kurz, eher wie eine Busfahrt, aber alle um sie herum waren plötzlich mit Essen beschäftigt, nur sie selbst nicht. Sie hatte die *taiyaki* ihrer Nachbarin in der Tasche, aber es wollte sich einfach kein Hunger einstellen, der groß genug war, dass sie Appetit auf das fischförmige Gebäck bekam.

Eine Reisegruppe saß um einen runden Tisch, auf dem eine gigantische Portion Sushi angerichtet war. Sie sprachen deutsch miteinander, aber Irene schnappte nur vereinzelte Worte auf. Sie schienen sich angeregt zu unterhalten, wie gute Freunde, nicht so, als hätte sie ein bloßer Zufall zusammengebracht. Irene hatte bei Reisegruppen sonst eher das Gefühl, dass sie alle heimlich froh waren, wenn sie endlich in ihren Hotelzimmern allein sein durften. Diese hier schienen einander ganz ernsthaft und aufrichtig gern zu haben. Ein kleines Mädchen kaute an einer Banane, der Vater nahm sie ihr aus der Hand und biss ein riesiges Stück ab. Als Irene ihren Blick von den ganzen Essenden losbekam, war das andere Ufer schon deutlich zu erkennen. Die Vogelfrau wischte sich mit einer Papierserviette über den Mund und lächelte Irene an. Schon war sie verschwunden. Sie war die erste, die von Bord ging, da stand Irene noch an Deck, das Gepäck geschultert und bereit, für was auch immer.

Irene wusste nicht, was genau sie sich erhofft hatte, nur dass es etwas ganz anderes gewesen war. Dort, wo sie ankam, sah es mehr oder weniger aus wie dort, wo die Fähre abgelegt hatte. Sie reihte sich in die Schlange von Menschen, die es nicht erwarten konnten, endlich von der Fähre zu kommen, und trotzdem trödelten. Weiter vorn in der Reihe rüttelte ein Kind mit jedem Schritt, den sie vorankamen, am Metallgeländer. Das Geräusch kroch Irene den Rücken hoch bis in den Nacken. Sie versuchte, dem Mädchen einen bösen Blick zuzuwerfen, aber es drehte sich partout nicht zu ihr um. Die Mutter, die anderthalb Schritte hinter ihr lief, achtete weder auf Irene noch auf ihre Tochter. Also warf sie ihren bösen Blick ins Meer, wo er irgendwo versank. Glatt wie ein endloser trübblauer Teppichboden streckte sich die Binnensee dem Horizont entgegen. Wellen gab es keine, zumindest waren sie nicht so hoch, dass man sie als solche erkennen konnte. Sie sog die kühle Luft ein und sehnte sich nach dem Geruch von Salz, so lange, bis sie ihn tatsächlich wahrnahm. Sie suchte die Anlegestelle ab nach etwas, das ihr aus ihrer Vorstellung bekannt vorkam oder aus dem Prospekt, den Toshio ihr mitgegeben hatte, Toshio, der Experte für Tourismus, der studierte Touristologe. Sie wusste nicht, ob sie enttäuscht war oder nicht.

An Land empfing sie ein blinkender Getränkeautomat. Wie von selbst steuerte sie auf ihn zu, als wäre er der lang entbehrte Verwandte, der sie abholt, um ihr die Insel zu zeigen, zaghaft, aber hocherfreut. »Wartest du schon lange?«, fragte sie den Automaten und ließ zur Begrüßung ein paar Münzen in dem neongelb beleuchteten Schlitz verschwinden. »Hast dich kaum verändert.« Sie entschied sich für ein Getränk, das sie zuvor noch nie probiert hatte, in einer Flasche mit türkisfarbenem Etikett. Eine lachende Blaubeere war neben dem Schriftzug aufgedruckt; das Getränk schmeckte allerdings nicht. Sie versuchte, die fast volle Flasche unauffällig zu entsorgen. Mit einem blechernen Scheppern landete sie in dem ansonsten leeren Mülleimer. Irene kam sich vor, als würden alle Leute sie beobachten, aber als sie sich umschaute, waren die anderen Passagiere schon längst unterwegs ins Innere der Insel. Der Kapitän hatte die Fähre ebenfalls verlassen, er lehnte an einem Pfosten und schaute aufs Meer hinaus, die Hände in den Hosentaschen. Eine Möwe setzte sich auf den Wegweiser, der zu einem Bad auf der Insel führte, die zweite Attraktion neben Andos Museum. »I♥湯« stand in bunten Lettern auf dem Schild. *I love yu*. Die Möwe sah sie herausfordernd an, aber nichts zu machen, Irenes Weg führte in die andere Richtung. Sie hatte ihn sich daheim auf der Karte so oft angeschaut, dass sie sicher war, ihn auswendig zu kennen. Sicher genug, um ohne Landkarte im Gepäck ins Innere der Insel loszulaufen. Zehn Minuten zu Fuß, hatte der Prospekt gesagt.

Es dauerte fünfzehn Minuten, bis Irene nicht mehr sicher war, ob der Weg, auf dem sie lief, tatsächlich der gleiche wie auf der Karte war. Sie hatte vor, das Inselinnere zu durchqueren, um schließlich am anderen Ende von Naoshima direkt bei ihrem Hotel auf das entgegengesetzte Ufer zu stoßen. Fünfzehn weitere Minuten später war sie nicht mehr sicher, in welcher Richtung die Anlegestelle der Fähre lag. Das Meer war nicht mehr in Sichtweite und die Straße, auf der sie lief, eher für Autos gebaut als für Fußgänger. Außer ihr war niemand zu sehen. Die Menschen, die mit ihr von der Fähre gegangen waren, mussten allesamt andere Wege eingeschlagen haben. Sie beschloss, nicht beunruhigt zu sein.

In der Ferne tanzten Fische aus Stoff im Wind. Einer in Schwarz, einer in Rot, drei waren blau. Sie waren an einem Mast aus Bambus befestigt und offenbar vom letzten Kindertag übrig geblieben. Der Kindertag war ein Festtag, aber jetzt, Monate später, wirkten die *koi nobori* traurig und vergessen. Der Garten, aus dem der Mast aufragte, war von hier aus besehen tatsächlich nicht größer als eine Katzenstirn. Weiter hinten gab es eine Art Siedlung. Das konnte nicht falsch sein, entschied sie. Außerdem war die Insel zu klein, um tatsächlich verloren zu gehen; es konnte keine falschen Wege geben, nur Umwege. Fünfzehn Minuten später lag die Siedlung viel weiter links, als Irene sie zuvor gesehen hatte. Die Straße war nicht so gerade, wie sie aussah. Hinter ihr schwammen die Stoffkarpfen tapfer gegen den immer stärker werdenden Wind an. Irenes Haare wehten ihr ins Gesicht, die Tasche wurde immer schwerer auf ihrer Schulter. Ein roter Nissan überholte sie. Der Wind streichelte die hohen Gräser gerade so fest, dass sie ein wohliges, gleichbleibendes Rauschen von sich gaben. Die Siedlung kam näher, und je größer die Häuser wurden, desto verwaister sahen sie aus. Der Nissan kehrte irgendwo in der Ferne um und kam ihr wieder entgegen, am Steuer saß eine Frau, die durchaus eine Diane hätte sein können. Irene beschleunigte ihren Schritt. Sie konnte jetzt eine Stunde auf der Insel unterwegs sein oder drei oder fünf, es machte keinen Unterschied.

Es gab keinen erkennbaren Grund, weshalb die Straße nicht geradewegs auf die Siedlung zuführte. Stattdessen machte sie hier und da eine abenteuerliche Kurve, wand und krümmte sich. Als Irene schließlich auf das erste Holzhaus zusteuerte, konnte sie kaum glauben, dass sie es tatsächlich bis hierher geschafft hatte. Die Häuser wirkten, als seien sie extra dafür gebaut, verlassen auszusehen.

Dass sie es bis zum Hotel schaffen würde, kam ihr immer unwahrscheinlicher vor. Vielleicht gab es das Hotel gar nicht, vielleicht waren die Prospekte selbst Teil einer Kunstperformance. Wirkliche Prospekte für ein ausgedachtes Hotel, ausgedachte Wegbeschreibung inklusive. Eine ausgedachte Telefonnummer, eine Website voller ausgedachter Informationen. »Minimalistische Architektur jetzt auch ganz ohne Gebäude«, eigentlich eine ziemlich verwegene, vielversprechende Idee. Hinter dem letzten Haus der Siedlung nahm die Straße erneut eine unerklärliche Kurve, und mitten in der Kurve standen eine Bushaltestelle, eine Getränkeautomat und ein Zigarettenautomat. Der Fahrplan war von Sonne und Regen ausgeblichen und hing in schiefen Wellen aus seiner Halterung. Trotzdem behauptete er, noch bis zum Ende des Jahres gültig zu sein. Angeblich fuhr der Bus jetzt, in der Herbstsaison, jede Stunde zur Südspitze, fünf Minuten Fahrt, dreihundert Yen. Die Endstation musste ziemlich genau dort sein, wo auch ihr Ziel war.

Irene hatte ein Briefchen Streichhölzer vom Café Bibliotic Hello! mitgenommen, das es, in ihrer Jackentasche vergessen, mit nach Naoshima geschafft hatte. Wer auf einer derart winzigen Insel auf einen Bus angewiesen ist, der mit etwas Glück in einer halbwegs vertretbaren Zeit ankommt und dann mit noch mehr Glück wirklich nur fünf Minuten bis ans Ziel braucht, kann beim Warten auch ruhig eine Zigarette rauchen, auch wenn's die erste seit ein paar Jahren ist, beschloss sie. Timo hatte ihr mehr als einmal gesagt, dass sie keine überzeugende Raucherin sei. Bei anderen sehe das Rauchen entweder natürlich, ästhetisch oder lässig aus, bei Irene sei das allerdings nicht der Fall. Das Aufhören war leicht für sie gewesen, und niemand hatte ihr später abgenommen, dass sie nicht schon immer Nichtraucherin war.

Die Wahl fiel auf eine Packung Hope, in sauberem Weiß mit einem blauen Logo und einer angenehm zurückhaltenden Typografie. Sie selbst fand ihre Art zu rauchen vollkommen überzeugend, jedenfalls wusste sie nicht, was andere Leute beim Rauchen großartig anders machen konnten als sie. Die ersten paar Züge waren ekelhaft, danach ging es, und als der Bus am Horizont auftauchte, tat es bereits richtig gut.

Ganz hinten saß die deutsche Reisegruppe, sonst war der Bus leer. Irene entschied sich für einen Vierersitz in der Mitte. Die Fahrt kam ihr länger vor als fünf Minuten, aber schließlich tauchte das Meer wieder am Horizont auf und außerdem einige größere Gebäude.

»Darf man hier eigentlich baden?«, fragte eine Frauenstimme. Die anderen aus der Gruppe lachten. Irene hätte gern die Antwort gewusst. Oder sich einfach umgedreht und laut und kräftig »Ja« gesagt. Am Strand gingen Leute spazieren. Sie ließ die Reisegruppe zuerst aussteigen und gab ihnen ein paar Schritte Vorsprung, ehe sie sich in die Richtung aufmachte, in der das Hotel liegen musste. Sie fand es auf Anhieb. Es lag so unschuldig auf einem Hügel über dem Meer, ohne eine Ahnung, wie mühsam Irenes Weg bis hierher gewesen war, mühsamer als alle

Wege zuvor, zumindest im Augenblick erschien es ihr so. Sie stand schon mit ihrer Tasche auf der Schwelle, und die elektronische Schiebetür öffnete sich, aber sie schaffte es nicht, hineinzugehen. Ihre Beine blieben einfach stehen. Die Tür schob sich wieder zu; kurz bevor die beiden Glasscheiben einander berührten, schwangen sie wieder auseinander. Dann standen sie einen Augenblick offen, und es begann von vorn. Irenes Tasche ragte gerade weit genug nach vorn, um irgendeiner Lichtschranke im Weg zu sein. Die Tür war geduldig. Wieder schloss sie sich beinahe, nur um kurz darauf erneut zurückzuschrecken und wieder aufzugehen. Irene verstand das gut, sie war genauso unentschlossen. Drinnen an der Rezeption räusperte sich jemand, aber Irene konnte schlecht hineinsehen, drinnen war es viel dunkler als hier draußen, und die Scheiben der Tür waren getönt. Man konnte nur erahnen, was drinnen lag, eine schmucklos elegante Lobby, mehr Kunst- als Bauwerk, falls diese Unterscheidung in dem Fall überhaupt sinnvoll war. Das Hotel und Irene passten nicht zusammen. Ihre Vorfreude war weg, von Erleichterung war auch nichts mehr zu spüren. Die Tür flog wieder auf und wieder zu. War der Rhythmus schneller geworden? Sie wünschte sich jemanden, der sie von hinten schubste, sodass ein weiter Schritt sie in die Lobby brachte, ein Reflex, der sie am Fallen hinderte. Gegen den ihre Beine machtlos wären. Sie drehte den Kopf, sodass sie nach hinten schauen konnte. Der Mann war nicht da. Die Tür schloss sich fast. Schwang wieder auf. Wieder zu. Es gab kein Geräusch, aber irgendwen drinnen schien es zu stören, da kam erneut ein Räuspern aus der Halle, lauter diesmal. Und drängender. Dann stand eine kleine Frau vor ihr. Sie trug einen Hosenanzug und eine weiße Bluse. Die Haare ein glänzender, strenger Bob. Um den Hals trug sie eine schmale Krawatte.

»May I help you? Puedo ayudarla?«

Irene schüttelte den Kopf.

»Are you a guest?«

Irenes Kopf schüttelte sich erneut, erst zaghaft, dann deutlicher.

»I must ask you to leave. You are on private property.«

Irene verstand genau, was sie meinte. Das war ein unangenehmer Job, Leute wegzuschicken, weil sie nicht ins Hotel passten, aus welchem Grund auch immer. Im Kikka war das eine von Toshios Aufgaben, er erledigte sie nicht so gewissenhaft wie die Frau mit der Krawatte.

»I am sorry, Miss«, hängte die Frau an. Über ihr Gesicht kroch ein Schatten. *Mitleid*, dachte Irene, *eindeutig*. Die Frau zeigte auf den Boden vor ihren Füßen und dann irgendwo in die Hügel hinein. »This is a hotel. The museum is over there.«

»Keine Ursache, ich wollte sowieso gerade gehen«, sagte sie auf Deutsch. Das Gesicht der Frau ließ keinen Rückschluss darauf zu, ob sie sie verstand oder nicht. Sie blieb in der Tür stehen, um sicherzugehen, dass Irene tatsächlich gehen würde. Die Tür schob sich zu und wieder auf, wieder zu und wieder auf. Noch zwei- oder dreimal, dann machte Irene sich auf den Weg. Als sie sich umdrehte, war die Tür geschlossen, und sie beschloss, endlich richtig an den Strand zu gehen. Möglicherweise hatte sie das immer schon vorgehabt und es nur zwischendurch für lange Zeit vergessen.

12. Naoshima. Heute.

雨

Man musste sich anstrengen, um so etwas wie Meeresrauschen hören zu können, und selbst dann konnte man nicht sicher sein, ob es nicht in Wahrheit aus den eigenen Ohren kam. Naoshima war eine stille Insel, und das Binnenmeer ein besonders stilles Meer. Von dem Punkt an der Südspitze hatte sie die gesamte Insel im Rücken. Es waren so wenige Menschen hier, dass Irene sich ganz allein vorkam. Irgendwo zu ihrer Linken musste das Kunstmuseum liegen, das mit dem Hotel verschwistert war; dort ging in weiter Ferne jemand am Strand spazieren. Die Gestalt teilte sich, und es wurden zwei daraus, ein Paar womöglich, dann kamen sie einander näher und verschmolzen erneut. Auf einem Holzsteg entdeckte sie die erste Skulptur, ein gigantischer Kürbis, der sehr lebendig und gleichzeitig wie außerirdisch aussah. Eine Fotografie davon war im Prospekt gewesen, aber in echt sah er beeindruckender aus.

Irene zog die Schuhe aus. Die Strumpfhose ebenfalls. Sie rollte sie ordentlich zusammen und ließ sie in einer der Schuhspitzen verschwinden. Den Sand wollte sie unter ihren Füßen fühlen, und die Steine, und die Muscheln. Gab es hier überhaupt Muscheln? Sie sah nicht nach unten. Sie hatte das nicht bedacht, als sie noch in Kyōto in ihre schwarzen Pumps gestiegen war, das Riemchen geschlossen und zufrieden mit den Füßen gewackelt hatte. Die allerfalschesten Schuhe für einen Ausflug zum Strand. Kyōto, so fern war Kyōto.

Die Kühle des Sands kroch ihr an den Beinen hinauf. Es war ein trüber Tag mit wenig Tiefenschärfe. Nicht weit weg vom Strand von Naoshima lag eine winzigkleine Insel im Meer, die nur aus einem Hügel zu bestehen schien. Sie sah merkwürdig aus, wie eine einzelne, geradewegs nach oben zeigende Brust. Oder wie ein Bacio, die italienische Praline, die sie ein paar Mal gegessen hatte, ohne dass sie jetzt noch wusste, weshalb, denn von Italien hatte sie nicht viel gesehen. Die Insel hob sich kaum vom Horizont ab, fast genauso grau wie der Himmel war sie. Zwischen Naoshima und der Bacio-Insel schob sich ein graues Schiff durchs Meer, ein Geisterschiff. Der Gurt der Reisetasche schnitt Irene in die Schulter. Manche Gegenstände am Strand waren sofort als Kunstwerke zu erkennen. Bei anderen war sie sich nicht sicher. Ein Ruderboot lag so dekorativ im Sand, dass es ohne Schwierigkeiten als Designobjekt durchgegangen wäre, aber je näher Irene dem Boot kam, desto gewöhnlicher wirkte es. Ihr Blick stieg die Hügel empor bis zu dem Museum. Von dort musste das Boot genau im Blickfeld liegen, wenn jemand aus den Glasfronten hinaus auf den Strand schaute. Irene suchte sich einen windgeschützten Platz. Sie ließ sich und ihre Reisetasche in den Sand fallen. Es wurde dämmrig auf der Insel, ein Umstand, der sie zwar erstaunte, aber nicht groß beeindruckte. Ins Hotel würde sie nicht zurückgehen. Auch nicht nach Kyōto. Die letzte Fähre musste schon längst abgelegt haben, wer jetzt noch auf der Insel war, blieb mit Sicherheit über Nacht. Sie auch. Aus ihrer Tasche angelte sie die Packung *taiyaki*. Wenn man hungrig genug war, schmeckten sie richtig gut. Sie aß langsam, Fisch für Fisch, bis die Packung leer war. Die Dämmerung schien hier lang anzuhalten, aber irgendwann wurde es finster. Die Sterne brachten ein zittriges Glitzern auf der Wasseroberfläche, aber es reichte kaum, um Meer und Strand, Strand und

Hügel, Hügel und Himmel zu unterscheiden. Und ruhig war es. Jetzt hörte man es doch, das Meer. Hörte man es? Vielleicht war es auch nur der Wind im Gras, ein Flugzeugrauschen, ihr eigener Puls. Sie schlich sich Richtung Wasser. Das Boot bemerkte sie, indem sie mit dem Fuß dagegen stieß. Sie kletterte hinein, verstaute ihre Tasche so, dass sie ihr als Kopfkissen diente, und schlief sofort ein.

13. Naoshima, heute.

雨

Die Luft war kühl und spröde, richtige Morgengrauenluft. Noch ehe ihr einfiel, wo sie war, schmeckte Irene das Salz, das ihr über Nacht in jede Pore gekrochen schien. Ihre Haare und ihre Kleidung waren klamm. Sie fror nicht. Sie öffnete die Augen langsam. Über ihr hing ein Kopf mit zerzausten, kurzen Haaren und einem erstaunten Gesicht. Er gehörte zu einem Mann im Schlafanzug. Hellblaue Hose, weißes Shirt.

»Das ist ein Kunstwerk«, sagte er, und Irene brauchte einen Augenblick zu lang um zu merken, dass das Ruderboot gemeint war.

Sie erkannte den Mann aus Zimmer 1009 an seiner Stimme.

»Das wäre dann also geklärt«, antwortete sie, und ihr Körper blieb unbeeindruckt in seiner Schlafstellung liegen. Es war nicht einmal richtig hell.

»Du kannst mit auf mein Zimmer kommen. Das merkt kein Mensch. Die Rezeption ist nicht mehr besetzt, der Nachtportier schnarcht in seinem Sessel und ich kann mit meiner Schlüsselkarte auch die Eingangstür öffnen. Und morgen früh nehmen wir die erste Fähre zurück. Jetzt mal im Ernst, was machen wir hier eigentlich?«

»Was ich hier mache, weiß ich. Ich mach' Ferien. Und schaue mir Japan an. Und du? Was machst *du* hier?«

Ihm fiel nichts ein. Er rieb sich die Augen. Müde sah er aus, oder traurig, oder beides.

»Eigentlich bin ich nur hier, weil du hier bist, und weil ich dachte, vielleicht kommst du mit. Nicht mit mir aufs Hotelzimmer, um Himmels Willen. Ich meine: zurück nach Kyōto.«

Irene antwortete nicht, es kam ihr nicht notwendig vor. Sie verharrte noch einen halben Moment, dann schulterte sie ihre Tasche und setzte sich in Bewegung, stieg vorsichtig aus dem Boot und lief dem Morgen entgegen. Als sie sich umdrehte, stand der Mann noch immer ratlos im Sand. Sie lief ein Stück weiter. Beim nächsten Umdrehen sah sie eine Gestalt Richtung Hotel laufen, in die entgegensetzte Richtung. Sie dachte kurz über einen Ausflug mit dem Ruderboot nach, so ruhig und einladend lag die See ihr zu Füßen, aber sie wollte niemanden provozieren. Der Künstler, dachte sie, hätte dafür wahrscheinlich mehr Verständnis als die Leute, die seine Skulpturen zu Ausstellungszwecken gekauft hatten.

Sie legte ihre Schuhe an einer Stelle weit unten am Ufer ab, wo das Wasser sie fast schon berührte. Den Rest behielt sie einfach an, auch das kornblumenblaue Kleid. Irene ließ ihre Reisetasche neben die Schuhe sinken und fühlte sich ganz leicht, als sie ins Meer lief. Sie hielt nicht inne, als ihre Zehen zum ersten Mal das Wasser spürten. Das Wasser bauschte zuerst nur den Saum ihres Kleids, dann sog es sich ganz hinein. Mit gleichmäßigen, rhythmischen Schritten lief sie, bis sie nicht mehr laufen konnte. Dann ließ sie sich nach vorn fallen. Streckte die Arme aus. Wie von allein begannen sie zu schwimmen, weit hinaus, immer noch ein Stück weiter, bis ihre Arme sich zu sträuben begannen und einfach das Schwimmen bleiben ließen. Ihr Kleid war im Wasser schwer und dunkel und steif geworden. Nun sah es beinahe schwarz aus. Es fühlte sich an, als würde es sie festhalten, zurückhalten, vielleicht sogar ans

Ufer zurückziehen. Als wolle es nicht mitschwimmen und ihr nur ganz widerwillig folgen. Aber immerhin folgte es. Sein Widerstand wurde immer geringer; nichts konnte Irenes Entschlossenheit mehr etwas entgegensetzen. Sie war nie eine geübte Schwimmerin gewesen, das hatte sie nie ernsthaft vorgehabt. Sie war auch nicht besonders häufig schwimmen gegangen und hatte mit der Zeit gegen Hallenbäder eine ziemliche Abneigung entwickelt; noch größer war nur die gegen Freibäder. Dafür war sie angstlos in jedes Meer gestiegen.

Irene drehte sich um. Dort hinten am Strand standen zwei Schemen, so weit weg, dass sie kaum auszumachen waren, aber Irene erkannte sie trotzdem sofort. Da war der Mann, die eine Hand in die Hosentasche gegraben. Und noch jemand war da, jemand kleines. Seine andere Hand ruhte auf Hitomis Schulter. Vielleicht waren sie die Umrisse gewesen, die sie zuvor in der Nähe des Museums gesehen hatte, die zwei Verschmolzenen. Vielleicht hatte er Hitomi zur Verstärkung mitgebracht, um sie zurückzuholen. Hitomi hatte eine Hand an ihren Mund gelegt, als ob sie etwas rufen würde, aber es war nichts zu hören. Hier draußen rauschte das Meer nicht einmal. Es war ein schönes Bild. Hitomi trug ein kurzes blaues Kleid, fast wie Irenes eigenes, nur ein wenig heller. Bestimmt war es aus einem zarten, leichten Stoff. Darüber hatte sie eine dunkelblaue Strickjacke gezogen, und um den Hals hatte sie ein Tuch geschlungen, das von hier aus grau aussah, eine zarte, weiche Mausfarbe. Bestimmt war sie auch barfuß, die schmalen Halbschuhe hatte sie womöglich gleich im Hotel gelassen, denn der Mann und sie hatten gewiss keine Schwierigkeiten gehabt, dort über die Türschwelle zu treten und von der Krawattenfrau ein Zimmer zu bekommen. Eines mit Blick auf den gigantischen Kürbis auf dem Steg, die ferne Hügelinsel und natürlich auf das Meer.

Irene schloss die Augen, lächelte, drehte sich auf den Rücken und ließ sich treiben, nur für einen Moment. Dann nahmen ihre Arme und Beine das Schwimmen wieder auf, zuerst blieb sie auf dem Rücken. Das ging zügig und erforderte weniger Kraft als das Brustschwimmen, aber sie wollte den Horizont im Auge behalten. Der Blick in den Himmel raubte ihr die Orientierung, und sie konnte nicht einfach zurück ans Ufer, in die Stadt, in ihr japanisches Leben schwimmen. Oder in das Leben davor. Sie drehte sich auf den Bauch zurück. Ihre linke Schulter begann zu schmerzen. In ihrer Vorstellung war all das ganz mühelos gewesen, eher wie man sich das Fliegen vorstellt, wenn man nicht fliegen kann: wie ein Gleiten, ein Treibenlassen, bei dem die Richtung von ganz allein die richtige ist. Ihre Arme waren schwächer, als sie geglaubt hatte, bald spürte sie ihre Muskeln gegen den Widerstand des Wassers ankämpfen. Ins Nichts zu schwimmen war harte Arbeit, Irene musste achtgeben, dass sie nicht einfach aufhörte. Sie war außer Atem, aber ihre Lungen wollten sich nicht ganz füllen. Das Kleid wurde ihr eng um die Brust, immer enger. Es machte ihr keine Angst, so unbedingt festgehalten zu werden, ganz im Gegenteil.

Ein letztes Mal drehte sie sich wieder auf den Rücken, ihre Füße paddelten noch, die Arme hatten aufgegeben. Selbst die Lider waren ihr schwer geworden. Sie ließ sie einfach zufallen, es wurde dunkel, und nur das Wasser, das ihre tapferen Füße aufwirbelten, war zu hören. Das Geräusch wurde leiser, aber sie spürte ganz deutlich, wie sie weiterarbeiteten. Vielleicht war inzwischen die Flut gekommen und hatte ihre Schuhe und die Tasche zu sich geholt, falls es hier überhaupt so etwas wie Gezeiten gab. Aber das war nun wirklich nicht mehr wichtig.

Epilog. Kyōto. Heute.

雨

Francesca Zarbo machte das Wetter in Kyōto immer ein wenig müde, egal ob es nun regnete oder ob die Sonne schien, ob sich die Bergkämme am Rande der Stadt gestochen scharf von einem blauen Himmel abhoben oder im trüben Dunst verschwammen, bis sie kaum noch vom Rest des Horizonts zu unterscheiden waren. Heute hatte der Himmel eine Farbe, die Francesca Zarbo an die *pasta e fagioli* ihrer Mutter erinnerte, die, wurden sie am zweiten oder dritten Tag aufgewärmt, immer mehr ins Gräuliche changierten. Ihre Mutter war keine gute Köchin gewesen, womöglich die einzige Eigenschaft, die sie teilten. Es kam ihr vollkommen unsinnig vor, die Farbe hier in Kyōto wiederzufinden, von allen Orten auf der ganzen Welt, und dann ausgerechnet am Himmel. Ihre Mutter war vor knapp über vierzig Jahren an den Folgen einer nicht auskurierten Lungenentzündung gestorben, was angesichts ihres Alters und ihrer sonst so robusten Gesundheit für die Familie eine große Überraschung und für die Ärzte ein Mysterium war. Zu diesem Zeitpunkt war Francesca in Santa Barbara gewesen und hatte vor einem Gremium angesehener Meeresbiologen das Thema ihrer Promotion vorgestellt. Als sie gerade ihre einleitenden Worte über die Besonderheiten des Immunsystems bestimmter Rückenschaler beendet hatte und endlich zum Hauptteil ihrer Arbeit übergehen wollte, klopfte es an der Tür und ein Assistent des Lehrstuhlinhabers schob ihr einen Zettel zu. Seine Finger waren lang und schmal; Francesca Zarbo dachte noch oft an sie. Es war schon seltsam, welche Bilder einen ein halbes Leben lang begleiteten und welche man sofort wieder vergaß. Sie erinnerte sich an viele Gesichter nicht mehr, von alten Freunden waren ihr nur die Umrisse geblieben, aber die Finger des Assistenten hätte sie ohne nachzudenken aus dem Gedächtnis zeichnen können. Francesca brach den Vortrag ab und reiste nach Neapel. Es war typisch für Eleonora Zarbo, ihr gleich beim ersten wichtigen Vortrag ihrer Laufbahn dazwischenzufunken. Als Francesca zwei Jahre darauf ihre Dissertation verteidigte und mit einem mühsam erkämpften summa cum laude aus dem Auditorium schritt, um mehrere Zentimeter gewachsen und in der Stimmung für ein rauschendes Fest zu ihren Ehren, gab es gerade niemanden, der mit ihr feiern konnte. Sie kaufte sich eine Flasche Champagner und trank sie, während sie die Koffer packte. Das Marine Conservation Center in Victoria, Neuseeland, hatte Interesse an ihrer Forschungsarbeit bekundet, genau wie ein renommiertes Institut auf Island, die University of the Virgin Islands und eine Universität in Swansea, Wales. Sie hatte sich schon beinahe dazu entschlossen, die nächsten Jahre auf der Südhalbkugel zu verbringen, als der Anruf aus Kreta kam. Ihre Möbel deckte sie mit weißen Stoffbahnen ab, wie man es aus Filmen kennt, und überließ sie in tadellosem Zustand einem ihr unbekannten Nachmieter. Dass sie nie wieder eigene Möbel besitzen würde, war Francesca Zarbo damals nicht klar gewesen.

Der amtierende Kaiser Akihito war der erste Kaiser mit Hochschulabschluss. Francesca Zarbo hatte in einer Fachzeitschrift gelesen, dass er ein Meeresbiologe von beachtlichem Ansehen war. Neben dem Chrysanthementhron hatte er auch das wissenschaftliche Interesse von seinem

Vater geerbt. Eine Gattung der Lippenzahngrundeln trug den kaiserlichen Namen, *Exyrias akihito*, ein Fisch, der anders als seine nahen Verwandten besonders klare Gewässer bevorzugt. Der Artikel hatte Francesca wieder an einen lang gehegten Traum erinnert: einmal die Schönheit japanischer Gärten dort zu besichtigen, wo sie zu Hause waren. Kyōto schien ihr der richtige Ort dafur zu sein – voller Reminiszenzen an vergangene Zeiten, aber weder zum Freiluftmuseum verkommen noch allzu fern von den Vorzügen eines Lebens in der Jetztzeit.

Das Frühstück nahm sie immer um punkt acht Uhr im Speisesaal des Hotels ein. Das Buffet ließ nur in einem Punkt zu wünschen übrig: Es gab ein japanisches und ein kontinentales Frühstück, jede Menge frisches Gemüse und Früchte, Joghurt, Cornflakes, Säfte, grünen und schwarzen Tee. Der Kaffee allerdings kam aus einem Vollautomaten, den man selbst bedienen musste, oft gemeinsam mit anderen Gästen, die das Prinzip des höflichen Schlangestehens entweder nicht kannten oder bewusst ignorierten. Eine Unsitte, die sich schneller als ein Legionellenbefall in Hotels auf der ganzen Welt zu verbreiten schien. Francesca Zarbo erwartete von einem derart gehobenen Hotel eigentlich, dass wenigstens die Heißgetränke zum Tisch gebracht wurden, aber die Kellnerinnen hatten offenbar keine anderen Aufgaben, als Zimmernummern zu notieren, den Gästen Plätze zuzuweisen und abzuräumen, sobald jemand mit dem Essen fertig war. Francesca mochte es, bedient zu werden. Ein paar Mal tat sie erfolgreich so, als hätte sie das System mit der Selbstbedienung nicht durchschaut (»Self service? *Come, prego*?«) und brachte eine Kellnerin dazu, ihr den doppelten Espresso mitsamt einem kleinen Glas Leitungswasser an ihren Platz zu bringen.

Sie stellte sich vor das Salatbuffet und stelle mit einem geübten Blick aus den Augenwinkeln sicher, dass niemand sie beobachtete. Aus der Handtasche zog sie ihren Plastikbeutel, gerade so, dass die Öffnung gut zugänglich war. Ohne eine Miene zu verziehen, ließ sie drei Salatblätter, zwei Apfelschnitze und eine halbe Tomate darin verschwinden und die Schnalle wieder zuschnappen. Auf dem Weg an ihren Platz nahm sie für sich selbst ein Croissant aus dem Brotkorb und einen Löffel Erdbeermarmelade dazu.

Sie rechnete fest damit, dass ihr Zimmer in der Zeit, als sie bei Tisch gewesen war, sauber gemacht worden war. Sie hatte extra das Schild an die Klinke gehängt und dem Zimmermädchen auf dem Flur einen Blick geschenkt, der irgendwo zwischen höflicher Bitte und dringender Aufforderung lag. Simonetta Vespucci hatte sie für die Zeit in den Schuhkarton gegeben und unter ihr Bett geschoben. Ihr war nicht wohl dabei, ihre Schildkröte im Dunklen auf so engem Raum einzusperren, aber sie konnte sie schlecht im Zimmer herumlaufen lassen, Haustiere waren schließlich strikt untersagt. Streng genommen hätte Simonetta nicht einmal in Japan einreisen dürfen, ohne dafür alle möglichen Zertifikate beglaubigter Tierärzte vorzuweisen, aber Francesca Zarbo hatte diese Prozedur schon oft genug hinter sich gebracht, um zu wissen, wie man solche Dokumente fälschte. Die zehn Tage, die Simonetta nach der Landung in Quarantäne verbringen musste, versuchte sie durch besondere Zuwendung wieder gutzumachen, und die Mitbringsel vom Frühstücksbuffet kamen gut an.

Sie legte die Tasche aufs Bett, holte den Beutel mit dem Gemüse heraus und kniete sich auf den Boden. Es war offensichtlich, dass etwas nicht stimmte. Francesca schob den Karton immer mitten unter das Bett, so dass er von keiner Seite aus zu sehen war, wenn man sich nicht sehr tief bückte. Nun war er ganz am Rand. Sie spürte ihren

Herzschlag im ganzen Körper. Sie zog den Karton zu sich; er war leicht, viel zu leicht, leicht wie Luft.

Es war ihr sofort klar, wer sich als einziger zu ihrem Zimmer Zugang verschafft haben konnte. Das Zimmermädchen würde sie vor den Augen seines Vorgesetzten herunterputzen, bis sie wiederhatte, was ihr weggenommen worden war. Sie war schon fast ihr ganzes Leben lang ständig in Hotels gewesen. Zuerst hatte das der Beruf mit sich gebracht, später die Gewohnheit. Einmal war ein Perlenohrring verschwunden, von dem sie nicht sicher war, ob sie ihn vielleicht selbst verlegt oder verloren hatte. Aber es gab immer wieder Bekannte, die behaupteten, ihnen sei in den besten Hotels etwas gestohlen worden, und dass sie schon mitansehen mussten, wie die Zimmermädchen erst kleinlaut die entwendeten Schmuckstücke aus ihren Kitteln hervorholten und dann lautstark von ihrem Chef gefeuert wurden. Vor der versammelten Mannschaft, denn Diebe gehörten nun mal geächtet und schlechte Beispiele bestraft. Wertsachen schloss Francesca immer im Safe ein. Ihren Reisepass, die Kreditkarten, Bargeld, vor allem aber ihren Schmuck. Simonetta Vespucci aber hatte sie unter dem Bett in größter Sicherheit gewähnt. Die Zimmermädchen, glaubte sie zu wissen, machten sowieso nie unter dem Bett sauber, zumindest nicht ehe der Gast abgereist war und das Zimmer für den nächsten hergerichtet werden musste.

Sie fand das Zimmermädchen nicht sofort. Fast den ganzen Flur rannte sie entlang, ehe sie eine Tür fand, die einen Spaltbreit offenstand. Von drinnen kam ein Staubsaugerbrummen, kaum hörbar, aber Francesca Zarbo entging in einem Zustand so großer Aufregung nichts. Ohne anzuklopfen stieß sie die Tür auf. Die junge Frau mit der gestärkten Arbeitskleidung ließ den Staubwedel sinken. Sie sah nicht überrascht aus und zeigte sich unbeeindruckt von Francesca Zarbos resolutem Auftritt, so als hätte sie bereits mit ihr gerechnet.

»Aus meinem Zimmer ist etwas entwendet worden. Ich möchte sofort mit dem Manager reden, und Sie kommen mit«, sagte Francesca Zarbo mit einer Stimme, die nicht wie ihre eigene klang: vor Aufregung brüchig, knarzig wie eine alte Holztür. Das Zimmermädchen verzog keine Miene. »*Settō*! Ein Diebstahl!«

Hitomi Akatsuka schaute sie an, als würde sie kein Wort verstehen.

Glossar

雨

Ainu: Ureinwohner Nordjapans, die 2008 als kulturell eigenständiges indigenes Volk anerkannt wurden. Heute leben in Japan etwa 27.000 Ainu.
Ame: Regen.
Amekaze: Schwierigkeiten, wörtlich: Regen [und] Wind.
Ame no hi: Regentag.
Arashiyama: Außenbezirk Kyōtos und beliebtes Ausflugsziel, vor allem wegen eines Bambuswalds.
Arigatō gozaimashita: »Vielen Dank.«
Bentō: Mahlzeit, die in einer kleinen Box dargereicht wird und sich dafür eignet, mitgenommen oder unterwegs gegessen zu werden.
Byōki: Krank.
Byōgaku: Katzenstirn (sprichwörtlich für etwas sehr Kleines).
Chūgoku: Das Land der Mitte – China.
Dango: Klöße, die meist aus Reismehl hergestellt, zu kleinen Kugeln geformt und auf Holzspießen verkauft werden. Für mitarashi dango werden sie mit einem Sirup aus Sojasauce, Zucker und Stärke überzogen.
Dashi: Eine Brühe auf der Basis von Fischsud, Grundbestandteil der japanischen Küche.
Doitsujin desu: »Ich bin Deutsche.«
Enokitake (kurz enoki): Gemeiner Samtfußrübling. Ein dünner, länglicher Speisepilz.
Gion: Die malerische Altstadt Kyōtos, deren Geschichte bis

ins Mittelalter zurückgeht. Heute bekannt als der Teil der Stadt, in dem man Geishas sehen oder ein traditionelles Teehaus besuchen kann.

Gomen nasai: Entschuldigungsformel, mit der man z.B. für ein Missgeschick um Verzeihung bittet.

Hashi: Essstäbchen.

Hashi ni mo bō ni mo kakaranai: Ein hoffnungsloser Fall. Wörtlich bedeutet die Redewendung etwa »das bekommt man weder mit Stäbchen noch mit Stöcken zu fassen«.

Irasshaimase: Höflicher Willkommensgruß.

Kabuki: Traditionelle Form des japanischen Theaters, die Tanz und Gesang einschließt.

Koi nobori: Karpfen-Fahnen aus Stoff, die am 5. Mai – dem Kindertag – aufgehängt werden. Alle Kinder einer Familie werden mit blauen Karpfen bedacht. Der Vater wird außerdem durch einen schwarzen Fisch repräsentiert, die Mutter durch einen roten. Im Wind »schwimmen« die Fische gegen den Strom.

Maiko: Eine Geisha in Ausbildung, wörtlich: »tanzendes Mädchen«.

Nakagyō-ku: Die Innenstadt von Kyōto.

Meijimura: Freilichtmuseum, in dem man über sechzig nachgebaute Häuser aus dem 19. und 20. Jahrhundert besichtigen kann, darunter die Sommerresidenz des Schriftstellers Lafcadio Hearn und eine Sake-Brauerei.

Nijō: Burganlage in Kyōto, Anfang des 17. Jahrhunderts von Shōgun Tokugawa Ieyasu angelegt. Besonders berühmt für den Nachtigallenflur, der beim Betreten zirpende Geräusche abgibt, sodass kein Dieb unentdeckt aus der Schatzkammer fliehen konnte.

Nozomi: Hoffnung, Wunsch; Name der Schnellzuglinie zwischen Tōkyō und Hakata.

Obi: Ein spezieller Gürtel, der verwendet wird, um einen

Kimono zu schließen. Traditionell vier Meter lang und dreißig Zentimeter breit.
Onigiri: Ein Snack aus Reis, oft mit einer Füllung aus Gemüse, Fisch oder Fleisch und in ein Seetang-Blatt gehüllt.
Ramen: Populäres Nudelsuppengericht, das ursprünglich aus China stammt.
Ringo: Apfel.
Sake: Reiswein mit moderatem Alkoholgehalt, der vor dem Trinken oft erwärmt wird. Mittlerweile wird in Japan viel mehr Bier als Reiswein getrunken.
Sakura: Kirschblüte; Schnellzug zwischen Ōsaka und Kagoshima.
Settō: Diebstahl.
Shinkansen: Japanischer Hightech-Schnellzug.
Sumimasen: Entschuldigungsformel, mit der man z.B. um Erlaubnis für etwas bittet.
Taiyaki: Süßes Gebäck in Form einer Meerbrasse, oft mit einer Creme aus roten Bohnen gefüllt.
Tennō: Der Kaiser – oder, wörtlich übersetzt, »Himmlischer Herrscher« – von Japan.
Tsukemono: In einer Salzlake eingelegtes Gemüse wie z.B. Rettich oder Kohl.
Wakarimasen: »Ich verstehe nicht.«
Yatsuhashi: Traditionelle Süßigkeit, die ihrer dreieckigen Form wegen wörtlich übersetzt »Winkelbrücke« heißt.
Yu: Heißes Wasser, heiße Quelle, auch: heißes Bad.

Bibliografie

Neben vielen anderen Büchern, die mittelbar auf dieses hier eingewirkt haben, waren folgende eine unmittelbare Hilfe:

n.n. An Illustrated Encyclopedia of Japan. Tōkyō 1993.
Ando, Tadao/Pare, Richard: The colours of light. London 1996.
Ashkenazi, Michael: Handbook of Japanese Mythology. Santa Barbara 2003.
Blaser, Werner: Tadao Ando. Architektur der Stille. Basel 2001.
Buisson, Dominique: Japan Unveiled. Understanding Japanese Body Culture. London 2003.
Coulmas, Florian: Die Gesellschaft Japans. München 2007.
Dougill, John: Kyōto. A Cultural and Literary History. Oxford 2006.
Hammitzsch, Horst (Herausgeber): Japanische Volksmärchen. München 1998.
Han, Byung-Chul: Philosophie des Zen-Buddhismus. Leipzig 2002.
Inumaru, Kazuo: Die heilige Stadt in Kyōto. Herrsching 1989.
Lévi-Strauss, Claude: Die andere Seite des Mondes. Berlin 2012.
Para, Andy D: Living in Japan. Tōkyō 2001.
Plutschow, Herbert: Introducing Kyōto. Tōkyō 1979.
Riechelmann, Cord: Krähen. Berlin 2013.

Stavros, Matthew Gerald: Kyōto: an urban history of Japan's premodern capital. Honolulu 2014.
Taka-Tsukasa, Nobusuke: The Birds of Nippon. Tōkyō 1967.
de la Trobe, Mitsue/Streb, Inga: Alltag in Japan. Düsseldorf/Wien 1985.
Yamashima, Yoshimano: Birds in Japan. A Field Guide. Tōkyō 1961.

Zeitungs- und Zeitschriftenartikel:

Kaplan, Sarah: »Futuristic Japanese hotel will be run almost entirely by robots«. In: Washington Post, 6. Februar 2015.
Vogt, Gabriele: Japan durch die Hintertür. In: Japan Markt, März 2008.

Das Buch, in dem Irene von dem Pariser Schriftsteller und seiner Abneigung gegen den Eiffelturm gelesen hat, ist »Wittgensteins Mätresse« von David Markson. Bei dem Schriftsteller handelt es sich um Guy de Maupassant.

Für Johanna.

In Erinnerung an Michael Bosch.

Ebenfalls von Jana Volkmann erschienen

Jana Volkmann: **Fremde Worte**
Erzählung (Reihe Textlicht)

Hanna ist eine leidenschaftliche Buchkäuferin. Mehr als die Autoren oder Inhalte interessiert sie jedoch die Geschichten der Bücher. Regelmäßig durchstreift sie die Antiquariate ihrer Heimatstadt – stets auf der Suche nach einer Widmung. Doch was als harmloses Spiel begonnen hat, wird immer mehr zu einem Rückzug Hannas von der Wirklichkeit. Bis sie einer Frau begegnet, die ihr Leben als Einzelgängerin stört.

> »Jana Volkmanns Erzählung, wie auch die Textlicht-Reihe als solche, (ist) ein fantasievoller Fundus an literarischen Snacks und Ideen. Für eine längere Busfahrt, eine kurze Pause von der Arbeit, das Wartezimmer beim Arzt. Und vielleicht sieht der ein oder andere nach dieser Erzählung die Widmungen, die sich in manch einem Buch verbergen, auch mit anderen Augen.«
>
> (Sophie Weigand, Literaturen)

48 Seiten, 5 Euro, ISBN 978-3-902498-99-1
E-Book: 2,99 Euro, ISBN 978-3-903005-81-5

1. Auflage

www.editionatelier.at
Umschlag: Jorghi Poll
Druck: Bookprint Kft., Györ
ISBN 978-3-903005-07-5

Mit freundlicher Unterstützung der Kunstförderung des Bundeskanzleramtes Österreich und des Literaturreferats der Stadt Wien, MA7